SUSANNE FALK

Fast ein Idyll

Gefördert von der Stadt Wien Kultur.

Product footprint
CO_2 Neutral
PBN-CFMCP-015258
www.preferredbynature.org

FSC
www.fsc.org
MIX
Papier aus verantwortungsvollen Quellen
FSC® C014138

Grafische Gestaltung: Dorothea Löcker, Wien
Umschlagabbildung:
© Archiv Seemann/Imagno/picturedesk.com
Druck und Verarbeitung:
FINIDR, s.r.o., Český Těšín, Tschechische Republik
ISBN 978-3-7117-2118-1

Informationen über das aktuelle Programm
des Picus Verlags und Veranstaltungen unter
www.picus.at

SUSANNE FALK

Fast ein Idyll

HALBWEGS WAHRE GESCHICHTEN

PICUS VERLAG WIEN

Fast ein Idyll

»Majestät haben leider den Herrn Flügeladjutanten getroffen.«

Der Kaiser blickte betrübt in das sorgenvolle Gesicht seines treuen Dieners. Das hatte er natürlich nicht gewollt. Stattdessen hatte der greise Monarch auf einen Hirsch gezielt, oder zumindest glaubte er, dass er auf einen Hirsch zielte, als er abdrückte. Was musste sich der Herr Flügeladjutant auch just in diesem Augenblick aus der Deckung wagen und ihm vor die Flinte laufen? Hätte er wenigstens seinen Federhut getragen, dann wäre er ihm sicher aufgefallen und er hätte ihn nicht mit einem Hirsch verwechselt. Aber so?

»Ja, kann Er denn derowegen etwas tun?«, fragte der Kaiser und klang dabei teils ungehalten, teils besorgt.

»Man wird sich um den Herrn Flügeladjutanten bemühen, Majestät!«, versicherte ihm sein treuer Diener zur Aufmunterung.

Man hatte überlegt, den Arzt zu rufen, aber das dauerte naturgemäß etwas länger, war man doch im Gelände unterhalb der Zimnitz unterwegs und der Weg bis Bad Ischl weit. Da konnte es gut ein oder zwei Stunden dauern, bis der kaiserliche Leibarzt den Weg zur Jagdgesellschaft gefunden hätte, weshalb man nun umgekehrt beschloss, den Flügeladjutanten nach Ischl zu schaffen, in der Hoffnung, dass er bis dahin nicht verblutet sein möge. Der lag derweil mit schmerzverzerrtem Gesicht auf dem Bauch und stöhnte leise vor sich hin, das getroffene Hinterteil bedeckt von einem Trachtenjanker, bis man so weit war, dass man ihn auf eine provisorische Bahre legen und zur Kutsche tragen konnte.

»Nun, dann serviere Er Enzianschnaps für alle – auf den Schrecken!«, befahl der Kaiser.

»Sehr wohl, Eure Majestät!«

Man füllte sogleich den Schnaps in die mitgeführten Stamperl und prostete dem Verletzten zu.

»Untröstlich«, murmelte Seine Majestät, während die anderen Mitglieder der Jagdgesellschaft betroffen herumstanden und nichts mit sich anzufangen wussten. Zwar tat ihnen der junge Flügeladjutant leid, wie er da so mit durchlöchertem Hinterteil statt des vermeintlichen Hirschen auf dem Moosbett lag, aber allzu sehr zeigen wollte man seine Anteilnahme nun auch wieder nicht, weil man damit den Kaiser womöglich noch mehr in Gewissensnöte gebracht hätte und das stand ihnen weder zu noch war es der Karriere dienlich.

Also hielt sich die kleine Jagdgesellschaft an ihren Schnapsstamperln fest und wartete darauf, dass der Jagdaufseher und der Förster die Bahre fertig gebastelt hatten.

»Wollen Majestät nicht doch schon zurückfahren?«, fragte der Diener nun schon zum wiederholten Mal. Und zum wiederholten Mal weigerte sich der Kaiser standhaft, die Jagdgesellschaft zu verlassen, bis nicht auch der angeschossene Flügeladjutant transportfähig war. Derweil schüttete über den Köpfen der kleinen Gesellschaft ein Specht seinen Spott aus und die Fichten rauschten, als gäbe es kein Morgen. Nun, für den Herrn Flügeladjutanten mochte diese Annahme ja eventuell sogar zutreffend sein, sollte sich der Blutverlust als schlimmer herausstellen als gedacht. Und über allem thronte die Zimnitz, einem riesigen Vulkankessel gleich, dessen eine Hälfte fehlte und an deren Stelle man das zuckersüße Städtchen an der Traun gebaut hatte.

Schließlich vermeldeten Förster und Jagdaufseher, dass die Bahre fertig sei, man lud den Unglücklichen auf und trug ihn zur Kutsche des Kaisers, der, als wäre es ein verfrühter Leichenzug, mit vom Enzian und der misslungenen Jagd leicht gerötetem Gesicht hinterherschritt.

Schon wollte sich der Rest der Jagdgesellschaft

dem Zug zurück in die Zivilisation anschließen, als Graf von Paar die Anwesenden bat, für einen Augenblick innezuhalten und ihm ihre volle Aufmerksamkeit zu schenken.

»Meine Herren«, begann er, »ich sage es nur ein einziges Mal und ich sage es mit aller Deutlichkeit: Nichts, absolut gar nichts, von dem, was Sie heute hier gesehen und gehört haben, hat stattgefunden.«

Die verbliebenen vier Männer nickten. Sie hatten verstanden. Aber dann kam dem jungen und nicht gänzlich dummen Grafen von Kauerling ein Gedanke, der nicht ganz von der Hand zu weisen war: »Was, wenn der Herr Flügeladjutant stirbt?«

Auch darüber schien Graf von Paar bereits nachgedacht zu haben, weshalb er mit fester Stimme antwortete: »Ein bedauerlicher Jagdunfall, der leider nicht zu verhindern gewesen ist.«

»Aber wird man nicht Fragen stellen?«, gab Graf Kauerling zu bedenken.

»Unwahrscheinlich«, sagte von Paar. »Solcherlei Dinge passieren nun einmal.«

»Ja, aber was tut man dann mit der Leiche des jungen Flügeladjutanten?«, wollte nun Baron von Yppnitz wissen.

»Sie begraben, so hoffe ich doch«, antwortete von Paar ungerührt.

»Aber man wird doch das Einschussloch finden«, gab von Yppnitz zu bedenken. »Ich meine, es wird doch wohl eine Leichenschau geben und dann …«

Da lächelte Graf von Paar süffisant. »Machen Sie sich darüber keine Gedanken, lieber Baron. Der Arzt, der die Leichenschau vornehmen würde, wäre derselbe, der auch bezeugen könnte, dass der Herr Flügeladjutant unglücklicherweise durch einen Schuss aus seinem eigenen Gewehr … Sie verstehen.«

Das leuchtete nun auch dem Herrn von Yppnitz ein. Aber da hatte Graf von Wandensee plötzlich einen Einwand.

»Ja, aber der Herr Flügeladjutant war doch Italiener!«, sagte er.

»Ist«, korrigierte ihn Graf von Paar, »er ist Italiener. Noch ist er ja nicht tot.«

»Gut, bittschön, dann ist er Italiener. Könnte das nicht zu diplomatischen Verwicklungen führen?«

»Wie meinen?«, fragte Graf von Paar schon etwas gereizt. Die Sonne war nun voll aufgegangen und ihm wurde, wie er so auf der malerischen Lichtung stand, in seinem Jagdgewand plötzlich recht heiß.

»Ich meine, es könnte diplomatische Verwicklungen geben, wo doch der Herr Flügeladjutant

Italiener ist. Was, wenn die Presse davon Wind bekommt? Der einzige Italiener in der ganzen Jagdgesellschaft und ausgerechnet der kommt zu Tode!«

Da meldete sich der bislang recht schweigsame Erzherzog Franz Salvator zu Wort, der Schwiegersohn des Kaisers.

»Er ist nicht der einzige Italiener«, stellte der Erzherzog fest.

Von Paar musste einen Augenblick lang nachdenken, bis ihm die Eingebung kam, wen der überaus österreichische Erzherzog gemeint haben könnte.

»Aber natürlich!«, beeilte sich von Paar zu sagen. »Der durchlauchte Erzherzog von Österreich-Toskana ist selbstverständlich auch Italiener! Da sehen Sie's, lieber Graf von Wandensee, alles ist in bester Ordnung.«

Und da keinem der Anwesenden noch ein weiterer Einwand einfiel, gaben sie schließlich jeden Widerstand auf und folgten dem Grafen von Paar einträchtig wie die Entenküken hinterdrein aus dem grünen, grünen Wald hinaus und in Richtung des malerischen Ischls, wo die k. u. k. Hofzuckerbäcker schon dabei waren, den Gugelhupf duftend frisch aus dem Ofen zu ziehen, die Madeln im Dirndl auf dem Markt standen, um sich und ihre frischen Äpfel feilzuhalten, der Franz Lehár die Witwen lustig sein ließ und der Herr Flügeladjutant leider gerade seinen Verletzungen erlag. Und über allem schwebte das sanfte Brausen der Traun, die glasklares Wasser und dicke Forellen durch den Ort spülte. Es war fast idyllisch.

Der Kanarienvogel

»Eintausend Dollar! Das ist mein letztes Angebot!«

Die Dame sah nicht so aus, als ob sie erwarten würde, dass man ihr Angebot ablehnte.

»Nein.«

»Wie können Sie da nur Nein sagen?«

In der Tat, wie konnte sie nur? Es war ja nicht so, dass sie das Geld nicht gebraucht hätte. Eintausend Dollar waren für sie eine horrende Summe und natürlich wäre es ein großer Spaß, bei dieser Sache mitzumachen, aber dennoch konnte sie nicht anders, als das großzügige Angebot der aufgebrachten Millionärsgattin abzulehnen.

Mit buchstäblich quietschenden Reifen war diese kurz zuvor auf dem Kinner-Flugplatz vorgefahren und trotz ihres offensichtlich fortgeschrittenen Alters behände aus dem Wagen gehüpft. Amelia hatte sich noch gewundert, was es mit der Frau wohl auf sich hatte, die ihre Hand jetzt an die Stirn hob, um damit die Sonnenstrahlen abzuschirmen, und dann aus der Entfernung ihre kanariengelbe Maschine musterte. Kurze Zeit später war sie schon in der großen Halle verschwunden. Von dort fanden dann ein paar Wortfetzen ihren Weg über das

Flugfeld bis zu Amelia. Sie konnte die Stimme Netas erkennen, ihrer Fluglehrerin, die andere musste zu der Frau aus dem Auto gehören. Von einer Art Wettstreit war da die Rede und dass Zeit Geld sei und dass sie genügend Geld habe nur eben nicht genügend Zeit. Aber Neta sagte so etwas wie dass ihr das egal sei und dass sie ihr nicht helfen könne. Amelia hörte, wie Neta vorwiegend ein Wort wiederholte, nämlich Nein. Nein, das gehe nicht. Nein, unmöglich, das sei nicht zu schaffen. Nein, nein, nein.

Schließlich war die resolute Frau, die »Nein!« offenbar nicht als Antwort gelten ließ, auf das Rollfeld gestürmt und wild entschlossen auf Amelia zugesteuert, die neben ihrer Kinner-Maschine stand und den Öldruck überprüfte.

»Sie«, hatte die Frau ausgerufen, »genau Sie! Sie sind perfekt!«

»Perfekt wofür?«, hatte Amelia gefragt.

»Ich zahle Ihnen viel Geld, wenn Sie mich auf der Stelle in unser Feriendomizil nach Santa Barbara fliegen.«

Die kleine, dicke Dame in ihrem teuren, aber für diese Jahreszeit recht unpassenden Pelzcape mit den sorgfältig in eine Wasserwelle gelegten grauen Locken reichte Amelia gerade einmal bis zum Kinn. Aber jeder Zoll an ihr sprach die unmissverständliche Sprache der reichen Oberschicht. Geld, so ihr Credo, löste alle Probleme, und als Amelia auf ihr Angebot nicht sofort reagierte, taxierte sie sie von unten und fragte: »Sie sind doch Pilotin?«

»Eigentlich«, setzte Amelia an, »bin ich erst dabei, meinen Pilotenschein …«

»Können Sie fliegen oder nicht?«, wollte die resolute Dame wissen.

»Ja«, beantwortete Amelia ihre Frage wahrheitsgetreu, »ja, das kann ich. Aber das heißt nicht, dass ich …«

»Worauf warten Sie dann noch? Ich gebe Ihnen fünfhundert Dollar!«

Für Amelia war das viel Geld, nein, für beinahe jeden, den sie kannte, waren fünfhundert Dollar viel Geld. Dennoch zögerte sie.

»Ich könnte Probleme bekommen. Ohne Pilotenschein darf ich nicht …«

Die Pelzträgerin fiel ihr ins Wort. »Achthundert Dollar!«

»Nein, wirklich, Sie verstehen nicht, ich …«

Da nannte die Dame die horrende Summe von tausend Dollar und Amelia fühlte, wie sie ein leichter Schwindel ob dieses exorbitanten Honorars überkam.

»Wie war doch gleich der werte Name?«, fragte Amelia höflich.

»Jenkins, Mrs Josephine Jenkins!« Und sie fügte hinzu: »Von den Stahl-Jenkins. Wir produzieren jedes fünfte in den Staaten verkaufte Essbesteck und liefern sogar nach Uruguay. Besonders beliebt sind unsere Campingmesser.«

Es klang, als hätte Mrs Jenkins diesen Text schon häufig aufsagen müssen. Amelia bemühte sich um einen Gesichtsausdruck, der Mrs Jenkins vermittelte, dass sie gebührend beeindruckt war, teilte ihr dann aber mit, dass sie sich trotz der ihr dargebotenen hohen Summe außerstande sehe, etwas für Mrs Jenkins tun zu können. Es tue ihr leid.

»Aber dann gewinnt er!«, rief Mrs Jenkins verzweifelt aus.

»Wer?«, fragte Amelia.

»Mullard, mein Mann!«, sagte Mrs Jenkins und bebte dabei förmlich vor unterdrücktem Zorn. »Er hat mit mir gewettet. Er sagte, er schaffe mit seinem 1919er Dodge Speedster die Strecke von L. A. nach Santa Barbara schneller als jedes Flugzeug, worauf ich ihm geantwortet habe, dass er ein schrecklicher Angeber sei und sein dämliches Automobil niemals schneller sein könne als ein Flugzeug. Dann haben wir gewettet und nun finde ich niemanden, der mich nach Santa Barbara fliegen will, damit ich vor ihm dort ankomme! Es ist eine Katastrophe!«

Mrs Jenkins wirkte plötzlich sehr unglücklich,

fast hilflos. Amelia zupfte verlegen an dem mit Öl beschmierten Tuch herum, das sie in den Händen hielt.

»Eine Wette also«, stellte sie fest.

»Ja«, bestätigte Mrs Jenkins. »Mullard kann ein echter Dickschädel sein. Immer muss er recht behalten. Man stelle sich nur vor, was passieren würde, sollte er die Wette verlieren!«

»Das wäre …«, setzte Amelia an.

»… so eine Genugtuung!«, stieß Mrs Jenkins seufzend hervor. »Und wenn es dann noch eine Frau gewesen wäre, die es ihm und seinem dummen, hässlichen Auto so richtig gezeigt hätte, ach, das wäre zu schön gewesen!«

Amelia schaute zur großen Halle hinüber, wo sie Neta ausmachen konnte, wie sie in der Tür stand und sie beide, Amelia und Mrs Jenkins, aus der Distanz beobachtete. Sie versuchte, in Netas Gesicht zu lesen, was sie wohl über Mrs Jenkins' Anliegen dachte, aber das war von hier aus nicht zu erkennen. Außerdem konnte man ohnehin nie so genau wissen, was Neta gerade dachte.

Mrs Jenkins rückte ihr Cape und ihren Hut zurecht und war schon drauf und dran, sich ihre äußerst schmerzliche Niederlage einzugestehen, als Amelia plötzlich das ölverschmierte Tuch in ihre Lederjacke stopfte und sagte: »Na gut, ich mach's.«

Mrs Jenkins begann zu strahlen.

»Wirklich?«, fragte sie.

»Ja, aber wir müssen uns beeilen.«

»Meine Rede!«, rief die resolute Millionärsgattin und machte sich daran, in das kleine quietschgelbe Flugzeug zu klettern, als Amelia sie darauf hinwies, dass es in der Luft ziemlich kalt werden könne.

»Aber ich habe doch mein Pelzcape!«, hielt Mrs Jenkins gut gelaunt dagegen. »Und außerdem ist heute der 3. Juli! Wir haben Hochsommer!«

Amelia schaute wieder zur Halle hinüber. Neta stand noch immer im Türrahmen. Natürlich wäre es Amelia lieber gewesen, sie hätte Neta nicht mit in die Sache hineingezogen. Das Fliegen ohne Pilotenschein war kein Kavaliersdelikt. Andererseits brauchte sie eine zuverlässige Hand beim Anwerfen des Propellers und beim Entfernen der Bremsklötze.

»Ich bin gleich wieder da«, sagte sie an Mrs Jenkins gewandt und lief dann mit ein paar schnellen Schritten auf Neta zu.

»Sag mir nicht, dass du dich hast kaufen lassen«, begrüßte Neta sie.

»Tausend Dollar!« Amelia sah sie verschmitzt an. »Du bekommst die Hälfte, wenn du mir beim Starten hilfst.«

»Du hast keinen Pilotenschein«, stellte Neta unbeeindruckt fest.

»Und du keine Courage«, hielt Amelia dagegen.

Neta lachte auf. »Als ob es darum ginge. Courage, dass ich nicht lache! Du lässt dich für tausend Dollar kaufen. Das ist alles.«

»Na wenigstens bin ich nicht billig zu haben!«

Neta lachte noch einmal, aber es klang bitter und nicht so, als amüsierte sie sich. Sie setzte Amelia in einigen Sätzen auseinander, was sie von der Sache hielt und dass sie beide, sollte das Ganze je herauskommen, ihre Lizenz verlieren würden beziehungsweise Amelia sich den Pilotenschein abschminken konnte.

»Aber du musst wissen, was du tust«, stellte Neta am Ende klar. »Die Entscheidung liegt bei dir.«

»Ich fliege.«

»Also gut«, sagte Neta, »dann legen wir mal los.«

Amelia und Neta halfen Mrs Jenkins so gut sie konnten beim Einsteigen in die Maschine. Das war kein leichtes Unterfangen, denn Mrs Jenkins war wie gesagt recht klein, dick und nicht mehr die Jüngste. Doch endlich nahm sie, pelzbehangen und mit einer dreireihigen Perlenkette um den Hals, auf dem Vordersitz Platz, während Amelia sich ins Cockpit setzte und Neta beim Propeller Aufstellung nahm. Da fiel Amelia noch etwas ein. Sie reichte Mrs Jenkins eine Fliegerbrille. »Die sollten Sie unbedingt aufsetzen!« Santa Barbara war nur etwa eine knappe Stunde von hier entfernt, wenn sie an der Küste entlangflogen, ginge es vielleicht sogar schneller.

»Wann ist Ihr Mann denn losgefahren?«, rief sie nach vorne.

»Vor etwa einer Stunde«, brüllte Mrs Jenkins gut gelaunt.

»Dann sollten wir uns beeilen«, sagte Amelia. Neta zog die Bremsklötze weg und drehte auf ihr Zeichen am Propeller. Der Motor sprang sofort an.

Sie hoben sehr schnell ab und erreichten bald eine Flughöhe von fünfzehnhundert Metern. Es schien alles glatt zu laufen. Das Wetter war gut und sie hatten sogar Rückenwind, was sich gewiss positiv auswirken würde. Mit Glück schafften sie es sogar unter einer Stunde nach Santa Barbara.

Kaum dass sie die Erde unter sich gelassen hatten, fühlte Amelia sich besser. Sie war sogar so weit, sich einzureden, dass sie es nicht des Geldes wegen tat, sondern um zu beweisen, dass Männer, mochten sie auch noch so reich und mächtig sein und Millionen von Campingmessern verkaufen, sich durchaus irren konnten.

Nach ein paar Minuten musste Amelia feststellen, dass mit ihrer Passagierin etwas nicht stimmte. Stocksteif saß Mrs Jenkins vor ihr und hielt krampfhaft das Pelzcape fest, wobei die Knöchel ihrer Finger weiß wurden, so sehr hatte sie sich in das Stückchen totes Tier verkrallt. Zudem sah es fast so aus, als zitterte sie ganz erbärmlich.

»Kalt?«, schrie Amelia nach vorne.

Vom Vordersitz kam keine Antwort. Amelia beschloss daher, noch etwas tiefer zu fliegen, was vielleicht zwei, maximal drei Grad Unterschied bedeuteten würde, aber immerhin. Außerdem würde sie so Gelegenheit haben, sich besser an der Straßenführung zu orientieren. Es war nämlich so, dass sie noch nie nach Santa Barbara geflogen war und eigentlich keine Ahnung hatte, wonach sie Ausschau halten musste. Aber dann konnte sie unter sich die Küstenstraße ausfindig machen und etwas Gelbes, das darauf äußerst schnell dahinbrauste.

»Mullard!«, schrie Mrs Jenkins plötzlich aufgeregt, die den Wagen ihres Mannes entdeckt hatte, und deutete auf den stetig durch die Landschaft dahinrasenden gelben Punkt, der von hier oben nicht wenig Ähnlichkeit mit einem Insekt hatte, das man nur allzu gern zertreten hätte.

»Ist das Ihr Mann?«, rief Amelia.

»Ja!«

Jetzt dämmerte ihr, warum Mrs Jenkins ausgerechnet sie und ihren Kanari für das Unternehmen angeworben hatte: Das Auto ihres Mannes war gelb, also hatte sie sich ein gelbes Flugzeug ausgesucht, mit dem sie ihn schlagen wollte. Amelia stöhnte entsetzt auf, als ihr die krude Logik dieses monochromatischen Wettkampfs bewusst wurde.

Und in diesem Augenblick geschah das Unglück. Der Verschluss des Pelzcapes löste sich und der Wind riss mit einem Ruck das gute Stück von den Schultern der entsetzten Mrs Jenkins. Ein kurzer Schrei – schon rauschte das Tierfell an Amelia vorbei und verschwand auf Nimmerwiedersehen.

Amelia konnte beobachten, wie Mrs Jenkins, nunmehr mit einer violetten Chiffonbluse bekleidet, die klammen Finger um die eigenen Oberarme krallte, als sie vergeblich versuchte, sich selbst umarmend ein letztes bisschen Körperwärme zu bewahren.

»Sollen wir umkehren?«, rief sie laut.

»Nein!«, antwortete Mrs Jenkins nun. »Ich will gewinnen. Und wenn es das Letzte ist, was ich tue.«

Amelia blieb also nichts anderes übrig, als Mrs Jenkins, die nun Gefahr lief, sich schwer zu verkühlen, wie vorgesehen nach Santa Barbara zu fliegen. Außerdem war es bis zu ihrem Ziel ohnehin näher als bis zum Kinner-Flugplatz.

Sie landete schließlich in einem Feld unweit einer Ferienanlage. Eigentlich hatte sie geplant, den Motor laufen zu lassen und gleich wieder zu starten, nachdem sie Mrs Jenkins abgesetzt hatte, aber die gute Dame war nicht mehr in der Lage, auch nur einen Muskel zu rühren. Darum stellte Amelia schließlich den Motor ab und rannte los, um Hilfe zu holen. Mit fünf Mann hievte man Mrs Jenkins aus dem Flieger und brachte sie zu einem Automobil, das sie die letzten Meter bis zur Hotelanlage fahren würde. Dort angekommen, setzte man die zitternde Mrs Jenkins auf eigenen Wunsch in einem Korbsessel auf der sonnenbeschienenen Veranda ab und flößte ihr einen dreifachen Scotch ein. Mullard Jenkins, ihr Ehemann, traf gut fünfzehn Minuten später ein. Anstandslos gestand er seine Niederlage ein.

Als Mrs Jenkins genau eine Woche später an einer Lungenentzündung starb, fand sich die gesamte Besetzung der Ferienanlage, Mitarbeiter wie Gäste, ein, um ihr das letzte Geleit zu geben. Es war ein unheimlich rührender Leichenzug, wenn auch außergewöhnlich ob der vielen Sportbekleidung. Doch man schwor sich, nie würde man Mrs Jenkins und ihre Heldentat vergessen, die bewiesen hatte, dass ein gelbes Flugzeug schneller flog, als ein gelbes Auto fahren konnte.

Das Erste, was sich Amelia von ihren tausend Dollar kaufte, war eine solide, warme Lederjacke, wie sie professionelle Piloten trugen. Sie hatte einen wunderschönen, weichen Pelzbesatz am Kragen, der sie stets daran erinnerte, dass das Leben kostbar war und man sich gut überlegen musste, für was es sich lohnte, dieses Leben zu riskieren.

Die Nymphe

Das hier war ein Augenblick des Triumphs – sein Augenblick. In der Sekunde, in der das Feuerwerk über dem Schloss Neugebäude seinen Anfang nahm und sich alle Blicke gen Himmel richteten, war seine Arbeit getan. Dennoch verspürte er kein Gefühl der Erhabenheit oder gar den Genuss des Erfolgs, was ihm durchaus zugestanden wäre. Seine Arbeit war getan, das Fest in vollem Gange, der Kaiser hatte ihm mehr als nur einmal huldvoll zugenickt, womit er das höchste Lob erhielt, das der Hof zu vergeben hatte. Und dennoch fühlte er in sich eine große Leere, wie sie ihn jedes Mal überfiel, wenn er ein Werk vollendet hatte.

Für heute hatte er sich etwas ganz Besonderes überlegt, nämlich ein erhabenes Lustspiel, das er dem Sonnengott Apollon gewidmet hatte. Dazu hatte er die Tänzer in Sonnenformation um einen der zentralen Brunnen herum gruppiert und sie in goldfarbenen Gewändern auftreten lassen. Darauf abgestimmt bestand die Tischdekoration des heutigen Tages aus einem üppigen Gesteck von goldgelben Königskerzen, was einerseits dem Ansehen des Herrschers, anderseits dem Thema des

Abends sehr angemessen war. Zudem hatte er in den letzten Wochen eine gewisse Melancholie bei Maximilian beobachten können und somit war die stimmungsaufhellende Königskerze für heute ganz sicher die richtige Wahl gewesen. Ein besonderer Einfall seinerseits war es auch, die Blüten über das Essen streuen zu lassen, was der Koch widerwillig, aber folgsam in großem Übermaß getan hatte. Darum lag über den Tischen mit kaltem Braten, Huhn, Pasteten und Küchlein ein leichter Hauch von Blütenfrische des nahen Waldes. Der Höhepunkt am Ende seines Unterhaltungsprogramms aber war das Feuerwerk, das in einem Sonnenkranz am Himmel über ihren Köpfen explodiert war und die Hofgesellschaft zu Rufen allerhöchsten Erstaunens und aufrichtiger Begeisterung animiert hatte.

Nun war der letzte Funke verglüht und sein Werk getan. Morgen würde ihn Maximilian in der Früh zu sich rufen, ihm mit einem kleinen Sack Gold für seine Dienste danken und ein weiteres Werk in Auftrag geben. Er hätte also durchaus mit sich zufrieden sein können. Stattdessen aber schob er missmutig das Essen auf seinem Teller hin und her, bis Braten, Rübengemüse und Blüten ganz unverkennbar ein Gesicht bildeten, das in etwa genauso schlecht gelaunt aussah wie sein eigenes.

»Arcimboldo!«, hörte er hinter sich eine Stimme rufen. »Was macht Ihr eine Miene wie sieben Tage Regenwetter?«

Auersperg! Ausgerechnet der. Arcimboldo gab sich höflich, dabei wäre er dem Mann gerne mit nacktem Hintern in sein dummes, pockennarbiges Gesicht gesprungen.

»Aber nein, Graf, ich strahle doch mit Sonne, Mond und allen Sternen um die Wette!«, sagte er und deutete eine Verbeugung an. Er hatte dies lediglich gesagt, um den Mann zu ärgern, der gar kein Graf war, sondern nur Freiherr und nun diesen Umstand, dass er ihn mit einem höheren Adelstitel angeredet hatte, berichtigen musste.

»Dazu hättet Ihr auch allen Grund«, antwortete Auersperg, der nicht im Traum daran dachte, den Maler auf seinen wahren Titel hinzuweisen. »Der Tanz, die Dekoration, das Feuerwerk – Ihr habt Euch heute selbst übertroffen!«

»Ihr seid zu gütig!« Arcimboldo verbeugte sich tief, sodass er, von dem Freiherrn von Auersperg gänzlich unbemerkt, eine Grimasse schneiden konnte.

»Ich frage mich«, fuhr der Mann fort, »ob Ihr, Könner, der Ihr seid, nicht Lust hättet, ein Fest für mich auszurichten?«

Was sich nach einem Kompliment anhörte, war

in Wahrheit eine kaum getarnte Intrige übelster Art. Würde er, Hofmaler des Kaisers, sich einem anderen als seinem Herrscher verpflichten, musste er damit rechnen, den Zorn Maximilians auf sich zu ziehen – mit allen katastrophalen Folgen, die das haben konnte. Wer für den Kaiser arbeitete, der verschwendete seine kostbare Zeit und Arbeitskraft nicht an irgendeinen Freiherrn.

»Zu liebenswürdig!«, konterte Arcimboldo. »Doch leider bin ich mit den Auftragswerken für den Hof schon so in Beschlag genommen, dass ich fürchte, den zweifellos berechtigten Ansprüchen des zu gütigen Herrn von Auersperg nicht gerecht werden zu können, und da Ihr nur das Beste verdient, würde ich mich Eurer in diesem Fall als nicht würdig erweisen und muss somit mein Bedauern bekunden.«

Eine ganz schön lange Antwort, wo ein einziges Nein genügt hätte.

»Bedauerlich, in der Tat«, stimmte ihm Auersperg zu, der die Ablehnung zweifellos erwartet hatte. »Ich kann mir vorstellen, dass die Arbeiten an der Grotte Euch zu viel abverlangen, als dass Ihr Euch noch mit anderen Aufträgen beschäftigen könntet.«

»Welche Grotte?«, hörte er sich sagen und hätte sich am liebsten selbst dafür geohrfeigt, dass er dem

Freiherrn damit verraten hatte, dass er von dem Projekt nichts wusste.

»Wie dumm von mir«, sagte der Freiherr von Auersperg mit spöttischem Unterton, »ich hatte natürlich gedacht, der Kaiser hätte Euch mit diesem Herzensprojekt beauftragt! Man hört ja, er habe dafür gut zwei Dutzend Säcke mit den feinsten Muscheln extra aus Spanien bestellt.«

Der Mann deutete so etwas wie eine höfliche Verbeugung an, die keine war, und ließ Arcimboldo einfach stehen.

Eine Grotte! Und er hatte keine Ahnung gehabt, dass der Kaiser hier auf dem neuen Schlossgelände so etwas geplant hatte. Giuseppe Arcimboldo, du Narr! Da lässt du dich von Italien ins öde Wien locken, malst und planst Feierlichkeiten wie ein Verrückter zum Pläsier der Obrigkeit, rackerst dich ab, lässt dich dann in dieses absurde, halb fertige Schloss am Ende von Nirgendwo verschleppen, weil der Kaiser hier einen Sommer lang der Natur huldigen will, und dann das: Man hintergeht dich einfach und vergibt einen Auftrag wie diesen offenkundig an einen anderen!

Er kochte innerlich vor Wut. Zu gerne hätte er dem Freiherrn ein paar unflätige Worte hinterhergerufen, da sah er durch die Menge einen der Getreuen Maximilians auf sich zusteuern. Wahrscheinlich sollte er vor dem Kaiser vorsprechen, damit dieser sich bei ihm in ein paar belanglosen Sätzen für seine Mühen bedanken konnte. Unter normalen Umständen hätte er sich darüber vielleicht gefreut, aber so … Kurzentschlossen machte Arcimboldo kehrt und lief dem Adjutanten des Kaisers davon. Im Zickzack bog er durch den riesigen Garten in Richtung Schloss ab und verschwand schließlich in einem der Nebengebäude. Als er sich umsah, konnte er befriedigt feststellen, dass er seinen Verfolger abgehängt hatte. Der würde dem Kaiser eben berichten müssen, dass der Künstler nicht aufzufinden gewesen war. Bei dem Gedanken daran schlich sich ein Lächeln auf Arcimboldos Gesicht.

Es dauerte eine Weile, bis er registrierte, dass er keine Ahnung hatte, wo auf dem Schlossgelände er sich befand. Er hatte gedacht, er sei in Richtung der Ställe gelaufen, aber tatsächlich befand er sich, als er durch eine der Türen in seiner Nähe spähte, in den Räumlichkeiten der Gärtner. Überall lagerten Spaten, Hacken, Holzsprossen und mit Erde verschmierte Säcke herum und an der Wand stapelten sich meterhoch alte Tontöpfe. Er wollte schon umkehren, als er hinter sich eine Stimme sagen hörte: »Habt Ihr Euch verlaufen?«

Er drehte sich um und konnte im Halbdunkel des Raumes eine Frauengestalt wahrnehmen, die sich ihm, einen großen Korb im Arm, offenbar leise von hinten genähert hatte, ohne dass er es mitbekommen hatte. Selbst in dem spärlichen Licht konnte er sehen, dass ihre Füße und Hände voller Dreck waren. Ihr Haar hatte sie in einer Art Turban hochgebunden. Er hatte es offenbar mit jemandem vom Gartenpersonal zu tun.

»Wie man es nimmt«, antwortete er. »Ich hatte eigentlich kein bestimmtes Ziel.«

Die Frau stellte ihren Korb auf dem Boden ab. »Wenn Ihr eine Beschäftigung sucht, kann ich sie Euch verschaffen.«

Das war frech, weil die Frau den Standesunterschied zwischen ihnen beiden ganz sicher bemerkt haben musste. Für so ein Verhalten riskierte man Schimpf und Schande und womöglich den Pranger. Aber es war wahrscheinlich genau das, was er zur Ablenkung brauchte.

»Um welche Art von Beschäftigung handelt es sich dabei?«

Kurze Zeit später fand sich Arcimboldo in einem vom nächtlichen Trubel recht weit entfernten Gartenabschnitt wieder und grub Blumenzwiebeln ein. Teilweise tat er dies mit seinen bloßen Händen, manchmal teilte die Gärtnerin ihre Spitzhacke mit ihm. Warum sie dies in finsterer Nacht taten, wollte er von ihr wissen.

»Ist doch gar nicht so finster«, hatte die Frau gesagt und auf den Vollmond über ihren Köpfen gedeutet. »Genug Licht, um zu arbeiten, und dunkel genug, damit sich die Herbstzeitlosen nicht erschrecken«, hatte sie hinzugefügt.

Wie sich Blumenzwiebeln denn bitteschön erschrecken würden, hatte er amüsiert gefragt, und sie hatte nur auf die dunkle Erde unter ihren Füßen gezeigt und gemeint, was aus dem Dunklen komme und ins Dunkle zurückgehe, solle nicht ans Licht gezerrt werden. Das verderbe alles. Diese Erklärung, so seltsam sie klang, leuchtete ihm irgendwie ein. Also kniete er sich, anfangs noch belustigt, dann mit Feuereifer, neben der jungen Frau auf dem Acker hin und grub Herbstzeitlose ein, was das Zeug hielt. Nach gut einer Stunde war Arcimboldo schweißüberströmt und seine Knie taten ihm schrecklich weh, aber er fühlte sich gleichzeitig beschwingt und frei, weil er das Gefühl hatte, etwas wirklich Sinnvolles getan zu haben.

»Genug für heute«, befand die Frau schließlich, richtete sich auf und streckte ihre schmerzenden Glieder durch. Er tat es ihr gleich. Dann trugen sie gemeinsam den Korb und die Hacke zurück in den Schuppen, von dem aus sie zuvor aufgebrochen waren. Im schwachen Schein der Fackeln, die vom Haupthaus zu ihnen herüberleuchteten, konnte er sehen, dass sein bestes Gewand von oben bis unten mit Erde verschmutzt war.

»So kann ich aber unmöglich zum Fest zurückgehen«, sagte er lachend und streckte seine Arme aus, ganz so, als wäre er völlig wehrlos und es läge nun an der jungen Frau zu entscheiden, was mit ihm geschehen sollte. Im Halbdunkel konnte er ihre weißen Zähne blitzen sehen. Sie lächelte.

»Kommt«, sagte sie und er folgte ihr zu einem kleinen Weiher in der Nähe. Ein paar Schnüre gelockert und schon sprang die Frau, deren Namen er nicht einmal kannte, nackt ins Wasser. Er dagegen nahm sich Zeit, sich in Ruhe zu entkleiden, und stieg dann bedächtig die Böschung hinunter. Das Wasser war herrlich erfrischend, aber auch tief. Arcimboldo machte ein paar ausladende Bewegungen, aber weiter hinein traute er sich nicht, denn er konnte nicht schwimmen.

Mit einem Mal tauchte hinter ihm die junge Frau aus dem Wasser auf und hielt ihn kurz mit von der Nässe im Mondlicht schimmernden Armen umschlungen.

»Kommt, schwimmt mit mir«, flüsterte sie ihm ins Ohr und er konnte spüren, wie ihre Brüste seinen Rücken berührten.

»Ich kann nicht«, gestand er ihr.

»Ihr könnt was nicht?«, fragte sie.

»Schwimmen«, sagte er.

»Und das andere?«, wollte sie wissen.

»Das schon.« Er sah sich um. »Aber nicht hier. Können wir nicht irgendwo hingehen, wo uns niemand sieht?« Er konnte durch die Bäume immer noch deutlich die Stimmen der Festteilnehmer hören. Jetzt gerade spielte wieder die Musik auf. »Man sollte mich hier vielleicht nicht sehen.«

Sie lachte, dunkel und leise, und sagte dann: »Aber hier ist doch niemand außer uns!«

Als sie jedoch bemerkte, dass er weiter zögerte, willigte sie schließlich ein, stieg aus dem Wasser, griff nackt nach ihren Kleidern und zog ihn, der mit Müh und Not das Ufer erklommen und sich dann sein Unterhemd übergeworfen hatte, in Richtung des Hauptgebäudes. Sie schlüpften durch eine kleine Seitentür hinein und befanden sich in einem dunklen Raum, von dem aus eine nur mit ein paar Öllichtern beleuchtete Treppe nach unten führte. Sie zog ihn Stufe um Stufe mit sich, bis sie sich schließlich in einem seltsamen unterirdischen Gewölbe befanden, das durch gedrehte, gemauerte Säulen gestützt wurde.

»Bemerkenswerte Architektur!«, entfuhr es ihm.

»Pst!« Sie hielt sich den Finger auf die Lippen. »Das Schloss hat überall Ohren. Hier kann uns zwar keiner sehen, aber wenn Ihr so schreit, dann finden die uns sicher, und ich darf das Schloss eigentlich nicht betreten.«

»Aber du warst schon einmal hier!«, stellte Arcimboldo fest.

»Ja, oft«, sagte sie. »Ich mag diesen Ort. Es ist so friedvoll hier unten.«

Er konnte sich gut vorstellen, dass sie nicht zum ersten Mal einen Liebhaber mit hier heruntergenahm. Und wie aufs Stichwort lehnte sie sich jetzt nackt an eine der Steinwände und forderte ihn auf, sich ihr zu nähern. Schnell griff er mit der Hand nach ihrem Hintern und zog sie nah zu sich heran. Schon bedeckte er ihre linke Schulter mit Küssen und glitten ihre Finger in sein nasses Haar, da bemerkte er, etwa einen halben Meter neben ihnen beiden, eine kleine Wasserzufuhr und er verstand plötzlich, wo er sich befand.

»Das hier ist die Grotte!«, rief Arcimboldo aufgeregt. »Da vorne ist der Wasserzulauf. Und hier«, er löste seine rechte Hand von seiner Begleiterin und deutete auf eine Ausbuchtung in der Wand, »soll ein Becken gebaut werden.« Er ließ schließlich von ihr ab. Aufgeregt begann er die Wand abzutasten. »Alles nur Ziegel«, murmelte er. »Man sollte meinen, man würde dafür beschlagenen Granit nehmen oder Ähnliches, aber es sind nur Ziegel …«

Die Frau beobachtete ihn aufmerksam. Dann streckte sie ihre Hand erneut nach ihm aus und berührte ihn sanft an der Schulter. »Habt Ihr nichts Wichtigeres zu tun, als die Wände abzutasten?« Sie versuchte ihn zu küssen.

»Gleich, gleich«, sagte er gedankenverloren und entzog sich ihrem Griff. »Schau doch, hier oben in der Decke ist ein Haken. Dort soll wahrscheinlich ein Luster aufgehängt werden. Wenn man die Grotte teilweise mit Glas verspiegelt, kann man unglaubliche Effekte erzielen. Und dann die Muscheln! Jetzt verstehe ich, was Auersperg damit meinte, als er sagte, der Kaiser habe zwei Dutzend große Säcke mit Muscheln bestellt … Er will die Grotte komplett mit Muscheln auskleiden! Man stelle sich das vor, die Wände bis zur Decke bekleidet mit weißen Muschelschalen! Setzt man dann dazwischen vielleicht noch etwas Perlmutt von der Ostsee, dann …«

Arcimboldo sah auf. Die Frau war verschwunden. Er war allein, nur mit seinem Unterhemd bekleidet, inmitten des kalten, dunklen Gewölbes.

Am nächsten Morgen, punkt neun Uhr, stand er, diesmal in seinen zweitbesten Rock gekleidet, vor dem Audienzsaal und wartete darauf, dass man ihn zum Kaiser vorließ. Der Kaiser ließ auf sich warten und der Audienzraum füllte sich langsam. Arcimboldo blieb geduldig stehen, obwohl er nach dem nächtlichen Spaziergang von Schloss Neugebäude zum Schloss Kaiserebersdorf, wo der Kaiser sommers eigentlich residierte, hundemüde war. Er hatte kaum geschlafen.

Um zehn Uhr ließ man ihn endlich vor.

»Ah, Arcimboldo!«, begrüßte ihn der Kaiser freundlich. »Wir haben Euch gestern vermisst! Ihr wart nach dem Feuerwerk wohl unauffindbar.«

Der Tadel in des Kaisers Stimme war nicht zu überhören.

»Ich bin untröstlich, Eure Majestät!«, antwortete Arcimboldo und verbeugte sich.

»Wir sind gespannt auf Seine Erklärung«, ließ der Kaiser vernehmen.

Der Maler konnte spüren, wie alle Augen auf ihn gerichtet waren. Er durfte jetzt keinen Fehler machen.

»Ich bitte vielmals um Verzeihung, Eure Majestät«, sagte er, »aber ich hatte eine besondere Begegnung, die mich unerwartet aufgehalten hat.«

»Eine Begegnung? Mit wem?«, wollte der Kaiser wissen.

Da schmunzelte Arcimboldo und sagte schließlich: »Mit einer Nymphe.«

Mit einer solchen Antwort hatte weder der Kaiser noch der Rest seines anwesenden Hofstaats gerechnet. Ein Raunen ging durch den kleinen Saal.

»Das«, sagte der Kaiser und beugte sich interessiert vor, »müsst Ihr uns näher erläutern. Es gibt Nymphen in den Gärten meines Schlosses?«

Die Äußerung des Kaisers rief heiteres Gelächter hervor.

»In der Tat, Eure Majestät, die gibt es!«, sagte Arcimboldo. »Aber, so Ihr erlaubt, werde ich die Geschichte einstweilen für mich behalten und stattdessen in ein neues Stück zu Euren Ehren verwandeln, aufgeführt beim nächsten Vollmond!«

Ein kühner Zug. Normalerweise war es der Herrscher selbst, der das Thema vorgab, der Künstler hatte dem einfach nur Folge zu leisten. Entsprechend herrschte angespannte Stille im Raum. Bis sich um den Mund des Kaisers plötzlich ein Lächeln zeigte und er sich, gänzlich unerwartet, mit der flachen Hand aufs Knie schlug: »Das würde ich doch zu gerne sehen! Was für ein grandioses Thema für unser letztes Fest im Schloss, bevor der Herbst uns zur Rückkehr in die Stadt zwingt! Bravo!«

Als Arcimboldo sich vor seinem Mäzen und Herrscher verbeugte, um den Auftrag damit entgegenzunehmen, brandete Applaus auf. Und dann geschah das, worauf er insgeheim gehofft hatte.

»Wo wir nun schon über mythische Wasserwesen plaudern – Ihr solltet Euch vielleicht meine Pläne zur Wassergrotte ansehen, die ich im neuen Schloss plane. Ich würde gerne hören, was Ihr dazu zu sagen hättet.«

»Sehr gerne, Eure Majestät«, antwortete Arcimboldo.

Te Deum

Er war früh aufgebrochen und obwohl es bereits Hochsommer war, hatte ihm das Wetter einen Strich durch die Rechnung gemacht. Ein satter Regenguss, nicht unüblich für diese Jahreszeit, hatte die Straße aufgeweicht und sein Schuhwerk, das leider von minderer Qualität war, war inzwischen vollkommen durchnässt. Es war also Zeit, irgendwo einzukehren.

In Winsen an der Luhe fand er in einem der billigeren Gasthäuser Unterschlupf, wo er einen Strohsack für die Nacht bekam und eine warme Brühe, dazu etwas Brot und ein hart gekochtes Ei. Auch ein Dünnbier stellte ihm die Wirtin hin und nachdem er gegessen und getrunken hatte, setzte sich Sebastian in eine Ecke der Schankstube, holte sein klammes Notizbuch hervor und notierte in aller Stille seine Gedanken. Unwillkürlich begannen dabei seine Fingerkuppen auf dem Tisch zu trommeln, zu einem Rhythmus, den nur er hören konnte.

»Was soll das denn werden?«, fragte die Wirtin, mehr belustigt als verärgert, und zeigte auf Sebastians Finger, die über den Tisch liefen, als wäre er eine Klaviatur.

»Verzeihung«, sagte er, »mir war nicht bewusst, dass es Sie stören könnte.«

»Stört auch nicht«, stellte die Wirtin klar, »ist nur merkwürdig.«

»Ich hör schon auf«, sagte er und verstaute sein Notizbuch wieder in seiner Brusttasche.

»Nee, ist schon in Ordnung. Jeder, wie er muss. Und wenn der junge Herr meinen Tisch zertrommelt, dann ist das wohl so.«

Die Wirtin lächelte ihm zu. Sebastian stellte fest, dass sie noch recht jung war, kaum zehn Jahre älter als er. Sie hatte noch alle ihre Zähne und machte auch sonst einen recht aufgeräumten Eindruck. Dabei war sie nicht einmal hübsch. Ihre Haut war eher fahl, die Schultern flach und sie hatte trotz einiger Fülle um die Hüften kaum Busen vorzuweisen. Aber sauber und ordentlich zurechtgemacht war sie, die Haare festgesteckt unter ihrer Haube, und wie sie dort stand, beständig etwas zwischen ihren Fingern knetend, hatte sie doch etwas Ansprechendes an sich. Sebastian schaute auf ihre Hände und fragte sich, was das wohl werden sollte, was sie da so emsig bearbeitete, und bevor er seine Frage überhaupt stellen konnte, antwortete sie schon: »Brotteig, fürs Frühstück. Damit der junge Herr etwas Gutes mit auf den Weg bekommt.«

»Vergelt's Gott!«, antwortete er, senkte dann aber

beschämt den Kopf, weil ihm wieder einfiel, dass er morgen ja gar kein Frühstück zu sich nehmen würde. Das wenige Geld, das er bei sich führte, wollte er nicht für unnötigen Luxus verschwenden.

»Wohin will Er denn?«, fragte sie neugierig.

»Nach Hamburg. Ich hab da …«, er räusperte sich, »ich besuche dort jemanden.«

»Hamburg!«, schnaufte die Wirtin. »Na, wenn Er meint! Aber Er soll sich in der großen Stadt nicht mit dem Gesindel einlassen. Läuft eine Menge davon herum.«

»Keine Sorge«, sagte er beschwichtigend und hob seine Hände, »ich hege die besten Absichten.«

»Das tun sie alle«, sagte die Wirtin leichthin und grinste ihn ganz unverhohlen an. »Wen besucht Er denn?«

»Jan Adam Reincken«, antwortete Sebastian, nicht ohne Stolz, »den Organisten zu Sankt Katharinen.«

»Ah, dann ist Er also ein Musiker?«, fragte sie.

»Ja.«

»Kein Wunder«, fuhr die Wirtin fort, immer noch mit beiden Händen den Brotteig wälzend, »dass Er so zarte Hände hat.«

Das war Sebastian peinlich, dass sie dies an seinen Händen erkannt zu haben schien, ganz so, als wüsste er nicht, was es bedeutete, hart zu arbeiten.

»Hm«, machte er nur.

»Spielt Er selbst auch die Orgel?«

Wiederum antwortete Sebastian mit Ja, etwas bang ihre Reaktion abwartend. Nach einer kurzen Pause fuhr sie fort: »Ich mag Orgelmusik. Die hat so etwas …«, sie dachte kurz nach, »Feudales.«

Sie grinste, schmiss ein letztes Mal den Teig in die Schüssel, nickte ihm schließlich zu und verließ durch eine kleine Tür die Schankstube in Richtung Küche. Sebastian blieb, mit Ausnahme eines älteren Herrn, der sich schon auf seinem Strohsack schlafen gelegt hatte, allein zurück. Also beschloss er, sich auch zur Nachtruhe zu begeben, und war sehr bald eingenickt, während von draußen das Geräusch eines kräftigen Landregens zu vernehmen war, der auf das Dach trommelte, ganz so, als spielte der liebe Herrgott auf seiner Himmelsorgel.

Am Morgen wachte er zeitig auf, zog sich das Stroh aus den Haaren, packte die paar Habseligkeiten, die er bei sich trug, in seine Tasche und hatte schon still und leise das Gasthaus verlassen, als ihm die Wirtin in den Hof nachgeeilt kam.

»Hier!« Sie überreichte ihm ein Tuch, in das ein Kanten frischen Brotes, ein hartes Ei und etwas Käse eingeschlagen waren. »Ihr habt ja gar nichts gefrühstückt!«

Sebastian schlug die Augen zu Boden und die Wirtin verstand.

»Musst mir nichts bezahlen«, sagte sie freundlich und zum vertrauten Du übergehend, »aber, weißt du, meine Gaststube verlässt keiner hungrig.«

»Danke«, sagte er leise und machte einen tiefen Diener.

Sanft berührte sie ihn mit ihren schwieligen Händen am Arm, dann ließ sie von ihm ab und ging schon zurück zum Haus, als sie sich auf der Türschwelle noch einmal nach ihm umdrehte.

»Spiel mir was auf der Orgel, ja?«, schlug sie ihm vor. »Etwas recht Schönes! Vielleicht denkt der Herrgott dann an mich!«

Sebastian war sich ziemlich sicher, dass *er* an sie denken würde. Er tippte sich an die Stirn und verabschiedete sich. Dann ging er rasch den zweiten Teil des Weges bis zur großen Stadt.

Er erreichte Hamburgs Sankt Katharinen am frühen Nachmittag. Es war erstaunlich warm geworden und zwischen den Häusern der Speicherstadt stand die Luft. Von den Kanälen drang ein unangenehmer Geruch bis zu ihm vor, es stank nach verwestem Tang. Dies war einer der wenigen fast windstillen Tage im Jahr und Sebastian war froh, dass er bereits so früh aufgebrochen war und sich damit jetzt, in der größten Hitze des Tages, in die Kühle und Stille der großen Kirche am Hafen begeben konnte.

Natürlich hatte er es nicht gewagt, sich beim Meister anzukündigen. So weit ging sein Mut dann doch nicht, ihm als seinesgleichen gegenüberzutreten – noch nicht. Also hoffte Sebastian inständig, er würde das Glück haben, Reincken vor Ort anzutreffen. Andächtig stieß er die Seitentür zur Kirche auf und betrat das Kirchenschiff. Leise sprach er kniend ein kurzes Gebet und ließ sich dann, voller Erwartung, in einer der Kirchenbänke nieder, wobei er sich so drehte, dass er halb die Orgel, halb den Eingang im Blick hatte. Wenn nötig, so dachte er bei sich, würde er hier auch tagelang warten. Doch nach etwa einer halben Stunde tat ihm bereits der Rücken weh und er verspürte ein Hungergefühl, traute sich aber nicht, die Kirche zu verlassen, aus Angst, den großen Reincken zu verpassen.

So verging erst eine Stunde, dann eine zweite und langsam fielen ihm die Augen zu. Die lange Wanderung von zwei Tagesmärschen von Lüneburg bis hierher hatte ihn angestrengt. Sebastian döste ein, bis ihn plötzlich ein leises Scharren der Kirchentür hochfahren ließ. Ein behäbiger, dicklicher Mann trat ein, schloss geräuschvoll hinter sich die Tür und begann laut schnaufend den Aufgang zur Orgel emporzusteigen. Sebastian konnte seine schweren Schritte durchs gesamte Kirchenschiff hören.

Er war es – Reincken! Im Nu erwachten alle seine Sinne und Sebastian fiel fast vor Aufregung von der Kirchenbank, so schnell setzte er sich auf. Und nun folgten dem Meister die aus irgendeiner für Sebastians Augen verborgenen Ecke der Empore aufgescheuchten Kalkanten, um ihr Werk zu tun. Ein Rauschen ging durch die Pfeifen des Instruments, ein kurzes Klacken vom Ziehen der Register war zu hören und dann nahm ihn die gewaltige Orgel von Sankt Katharinen mit in eine Höhe, die er nie gekannt hatte. Er schwebte geradezu durch den Raum. So etwas hatte er in seinem Leben noch nicht vernommen, so ein Rausch an Fülle, an Klang. Reincken bediente sich des gesamten Tonumfangs, den das neue Prinzipal 32' zu bieten hatte. Sebastian hatte davon gehört, dass damit das tiefe C gut zu erreichen sei, aber es selbst zu erleben, stand auf einem gänzlich anderen Notenblatt. Dass der Meister dabei auf seine eigenen Kompositionen aus seinem »Hortus Musicus« zurückgriff, machte die Sache nur noch überwältigender, denn Reincken fühlte sich in seiner Musik erkennbar zu Hause.

Tiefe Seligkeit breitete sich in Sebastian aus. Der lange Weg, die ewigen Geldsorgen, ja sogar alle

Zukunftsspinnereien des jungen Musikers spülte der Klang dieser Orgel hinfort. Die Musik war Harmonie und Einklang, Glaube und Erlösung.

Und dann war es ganz abrupt vorbei. Ein Hustenanfall schien den Meister Reincken plötzlich zu schütteln, denn Sebastian konnte deutlich hören, wie oben jemand keuchte und röchelte, nur um dann Sekunden später auszuspucken.

»Genug für heute«, sagte eine kratzige Männerstimme, und kurze Zeit danach kam der Alte die Treppe wieder herabgeschritten, sich dabei ein Taschentuch vor den Mund haltend und sich immer noch räuspernd. Das war er, der Moment, auf den Sebastian so lange gewartet hatte. Flink stand er auf, griff das Bündel mit seinen Habseligkeiten und lief zwischen den Kirchenbänken hindurch dem Meister nach, der bereits im Begriff war, auf die Straße hinauszutreten.

»Meister Reincken?«, sprach er ihn respektvoll an.

»Wer will etwas?«, fragte der Angesprochene unwirsch und drehte sich nach dem jungen Kerl um, der da so aus dem Nichts aufgetaucht war.

Sebastian machte eine tiefe Verbeugung. »Johann Sebastian Bach ist mein Name und ich bitte sagen zu dürfen, dass mich Euer Spiel gänzlich überwältigt hat!«

»Ach so? Na ja. Dann … danke«, sagte Reincken und wandte sich schon zum Gehen um, als ihm etwas einfiel. »Bach sagtet Ihr?«

»Ja.«

Reincken kratzte sich an seiner Perücke. Er schwitzte recht stark und ein Rinnsaal lief direkt über seine Nase nach unten und tropfte ihm schließlich vor die Füße.

»Etwa verwandt mit dem Bach aus Eisenach, dem dortigen Organisten?«

»Ja, in der Tat, ein Onkel.«

»Dann weiß Er vermutlich sogar, wovon Er redet«, stellte Reincken zufrieden fest. »Musiker?«

»In Ausbildung«, sagte Sebastian, was zwar der Wahrheit entsprach, aber dennoch eine grobe Untertreibung war.

»Orgel?«

»Vor allem.«

Reincken nickte. Offenbar war er mit dieser Antwort zufrieden. Mit einem Wink seiner rechten Hand deutete er, ihm zu folgen.

»Ich brauche etwas zu trinken. Wollt Ihr mich vielleicht begleiten, junger Mann?«

Sebastian konnte sein Glück kaum fassen. Eifrig nickend folgte er Reincken einige Straßenzüge lang durch die Speicherstadt, bis sie nach etwa fünf Minuten vor einem Gasthaus zu stehen kamen.

»Immer rein in die gute Stube.« Reincken ging voran, hielt Sebastian die Tür auf und erwartete offensichtlich, dass dieser ihm folgte. Ganz überwältigt ging er ihm ins Innere des Hauses nach, wo er vor Dunkelheit zunächst einmal kaum etwas sehen konnte. Es dauerte etwas, bis sich sein Blick schärfte und er wahrnahm, wo sie nun gelandet waren. Derweil steuerte Reincken zielsicher auf einen der Tische im hinteren linken Eck der Gaststube zu, der in einer Nische stand und somit uneinsichtiger war als der Rest der Tische. Kaum hatte er Platz genommen, stürmten zwei Frauen auf ihn zu, deren Profession an ihren hochgeschlagenen Röcken und den grell übermalten Lippen deutlich erkennbar war.

»Papa Reincken!«, schrien die zwei aufgeregt durcheinander. Die eine schmiss sich dabei dem kaum zum Sitzen gekommenen Musiker an den Hals, die andere legte sich quer über den Tisch und ließ so das volle Panorama ihres nahezu entblößten Busens aufleuchten.

»Habt ihr mich vermisst?«, fragte Reincken scherzhaft und kniff die Dame an seiner Seite geradezu liebevoll großväterlich in die Wange, während er der anderen, als er sich ihr zuwandte, einen geräuschvollen Kuss auf die grellroten Lippen gab.

»Und wie!«, kreischte die Geküsste.

Sebastian, der nicht wusste, wohin er schauen oder besser wegschauen sollte, stand ungelenk neben dem Tisch und hoffte inständig, man würde ihn auffordern, sich zu entfernen, aber just in diesem Moment fiel Reincken offenbar seine Existenz wieder ein und er sagte: »Werte Damen, das hier ist ein junger Mann mit Namen Bach und ein Bewunderer meiner Kunst! Mehr weiß ich allerdings auch nicht von ihm.«

»Das reicht uns auch schon«, sagte die über dem Tisch Liegende, erhob sich, kam mit zwei schnellen Schritten auf Sebastian zu und griff ihm ohne jede Vorwarnung in den Schritt. »Ich will nur wissen, was es hiermit auf sich hat«, rief sie aus, lachte und tippte dann mit der anderen Hand gegen seine Brust. »Und außerdem wüsst ich gern, was darin wohl an Geld und Gold spazieren geht.« Sie ließ ihn wieder los und Reincken gab ihr einen kräftigen Klaps auf den Hintern.

»Nichts da, du gehörst mir! Diesem Jüngelchen kannst du später noch die Flöte blasen. Jetzt ist erst einmal Papa Reincken dran.«

Mit einem Ruck riss er sich die Perücke vom Kopf, strich sich das verschwitzte, schüttere Haar nach hinten und rief lautstark nach Bier, was ihm der Wirt sogleich brachte. Auch für Sebastian stellte man einen Krug bereit.

»Setz dich und trink, Bach!«, befahl Reincken. »Das Leben ist kurz, aber unsere Schwänze sind lang. Prost!«

Sebastian, der noch nie ein Bordell von innen gesehen hatte, schon gar nicht so ein Hafenetablissement, sah sich um. Er konnte ein paar Matrosen erkennen, die still miteinander Karten spielten, und einige weitere Damen, die sich in einer der Ecken zu langweilen schienen. Es war erst später Nachmittag, zu früh, als das hier viel los sein konnte. Die meisten Kunden kamen wohl erst nach getaner Arbeit hierher. Reincken folgte seinem Blick.

»Ist ein feines Nest«, erklärte er seine Lokalwahl. »Saubere Schöße, gutes Bier. Man kann es in Hamburg wesentlich schlechter treffen. Die Damen hier sind allesamt anständig!« Er lachte laut. »Was verschlägt Euch nach Hamburg, junger Bach?«, wechselte er das Thema, offenbar bereit, etwas Konversation zu betreiben, während ihm rechts und links je eines der Mädchen zur Seite saß.

»Ich kam, um Euch spielen zu hören«, sagte Bach tonlos.

»So? Nun, das ehrt mich. Die Orgel in Sankt Katharinen ist ein ganz besonderes Schätzchen. Das neue Prinzipal hat sich auf das Trefflichste bewährt und ich bin dabei zu überlegen, sie noch weiter ausbauen zulassen.«

Bach wagte es zu fragen: »In Kupfer?«

»Ja ja, Kupfer war eine gute Wahl!«, pflichtete ihm der Meister bei. »Die Klangfülle ist gut und sie lassen sich hervorragend nachstimmen, wenn …«

Eines der Mädchen begann Reincken ins Ohrläppchen zu beißen.

»Teufel auch!«, rief dieser aus. »Du kleines Luder.« Er griff ihr an die Brust. »Bach, wir reden später. Wie Er sieht, hab ich gerade alle Hände voll zu tun.«

Sprach es und warf sich nun vollends auf die junge Dame, die auf der Sitzbank unter ihm zu liegen kam, die Rockschöße schon bis zum Bauch nach oben gezogen und lustvoll grunzend, während die andere dem Meister schlicht die Beinkleider nach unten zog. Schon bewegte er sich stöhnend auf und ab und stieß dabei an den Tisch an, sodass die Bierkrüge überschwappten und eine schäumende, weiße Lacke auf dunklem Holz bildeten.

Bach erhob sich, griff nach seinem Hab und Gut, murmelte eine Entschuldigung und rannte davon.

Es war kurz vor Mitternacht, als er wieder vor dem Gasthaus stand. Mittlerweile war es stockduster, nur die Mondsichel hatte den dunklen Himmelsvorhang ein Stück weit aufgerissen und ließ ihr Licht schmal und blass auf seine unglückliche Gestalt sinken. Eine laue Sommernacht war das heute, aber auf seinem Weg begegnete er einer Fülle unbekannter Geräusche, Furcht einflößend und seltsam fremd. Er war bereits mehrfach über Astwerk gestolpert, hatte sich beinahe den Fuß verknackst und war hungrig und erschöpft, also würde er Rast machen. Wie einen Schlafwandler hatte ihn sein Weg hierhergeführt und nun klopfte er sachte an die verschlossene Gaststube, doch es rührte sich nichts. Die Verzweiflung trieb seine Fingerknöchel gegen das Holz, er klopfte ein zweites Mal. Schließlich öffnete sich über ihm ein Fenster im oberen Stockwerk.

»Was will Er?«, rief ihm eine Frauenstimme zu. »Weiß Er nicht, wie spät es ist?«

»Verzeiht«, sagte er und legte dabei den Kopf in den Nacken, »aber ich bräuchte ein Quartier für die Nacht. Ich komme eben erst aus …«

»Ach, du bist das«, sagte die Frauenstimme nun. Offenbar hatte ihn die Wirtin erkannt. »Komm zum Hintereingang, ich mach dir auf.«

Sie schloss das Fenster wieder und Sebastian machte sich daran, um das Haus herumzugehen, bis er schließlich vor einer kleinen Tür stand, die kurz darauf geöffnet wurde. Im schwachen Schein von Mond und Sternen konnte er die Umrisse der Wirtin ausmachen.

»Verzeiht«, sagte er noch einmal, »ich wollte nicht … Es war nur so, dass …«

»Schsch«, sagte sie, »du weckst noch das ganze Haus auf.« Sie griff nach seiner Hand, zog ihn hinein, schloss die Tür leise wieder ab und geleitete ihn schließlich eine Holztreppe hinauf in einen Raum, von dem er nur annehmen konnte, dass es ihre Kammer war.

»Ich kann auch auf einem Strohsack in der Gaststube …«, begann er zögernd.

Mit zwei, drei Griffen hatte sie ihm seinen Rock ausgezogen. Nun nahm sie seinen Kopf in ihre Hände, zog ihn zu sich herab und legte ihre warme Stirn an seine nachtkühle Wange.

»Du darfst bleiben, wenn du willst«, flüsterte sie.

»Ja.«

Am deutlichsten erinnerte er sich später an die Wärme ihrer Haut. Alles an ihr schien zu brennen: ihr Haar, das nach Küchenkräutern roch, ihre Brüste, die nach Meersalz schmeckten, und ihr großer Hintern, an dem er sich festklammern konnte, um nicht allen Halt zu verlieren. Hin und wieder flüsterte sie ihm zu, was sie von ihm wollte, wo er sie anfassen, wie schnell er sich bewegen sollte. Irgendwann biss sie ihn in die Schulter, um nicht allzu laut aufzustöhnen, und als sie den Höhepunkt erreicht hatte, folgte er ihr wenig später.

Jetzt lagen sie nebeneinander in der kleinen Bettstatt und hörten dem anderen beim Atmen zu.

»Hast du ihn getroffen, deinen Meister?«, fragte sie, kurz bevor sie einschlief.

»Ja.«

»Und wie war er?«

Die Antwort blieb er ihr schuldig. Aber ganz zart begannen seine Finger über ihren Rücken zu trommeln und spielten ihr ein stilles »Te Deum«.

Briefe an Cassandra

Meine liebste Cassandra,
zunächst darf ich Dir sagen, dass ich Dich schrecklichst vermisse und das Leben eine Aneinanderreihung öder Momente ist, wenn Du nicht da bist, mich zu unterhalten – Du Frevlerin, die die ländliche Gesellschaft der sie über alles liebenden Schwester vorzieht! Noch dazu im Sommer, wo hier der Hund verfroren ist und ich mich unendlich langweilen muss! Schäme Dich! Schäme Dich gewaltig, Du schönstes, bestes aller Wesen!

Bath hat sich herausgeputzt – für Dich natürlich (zu Recht!) und leider auch für den nicht ganz so vornehmen Teil der Gesellschaft, der kein Landhaus sein Eigen nennen kann. Alles ist in Erwartung. Gleichfalls in Erwartung, wenngleich in wesentlich skandalöserer, ist eine gewisse junge Dame mit Namen Beatrice Agerton, wie man allseits hört. Die Spatzen pfeifen es von den Dächern! Das Mädchen, noch keine sechzehn Jahre alt, wurde erst in diesem Frühjahr schnellstmöglich einem rechtschaffenen Witwer anverheiratet, nachdem ein längerer Besuch eines entfernten Cousins offenbar Folgen hinterlassen hatte. Der Bräutigam ist der ehrenwerte Sir Richard Agerton, der, nur nebenbei bemerkt, ganze achtunddreißig (!) Jahre älter ist als sie. Der Zeitpunkt der Geburt des sehnlichst erwarteten »Erben« wird aber schon mit Anfang Juli genannt! Du verstehst es doch zu rechnen, schönste Schwester. Zähle eins und eins zusammen und du erhältst einen hübschen, handfesten Skandal! Das Beste, was der bedauernswerten Beatrice Agerton zu wünschen wäre, ist ein schneller Tod. Gott bewahre, dass sie noch dazu gezwungen sein sollte, nach der Geburt des Kindes das eheliche Lager mit ihrem Mann zu teilen, der, wie man hört, sehr korpulent ist und kaum noch Zähne sein Eigen nennt. Da bleibt nur zu hoffen, dass das Kind nach seinem Vater kommt. Du verstehst?!

Lass mich nicht länger warten und schreibe mir recht bald! Der Sommer in Bath erwartet Dich! In inniger Liebe, Deine Jane

P. S.: Solltest Du bislang keinen schneidigen Anwärter aufgetan haben, der Deiner Hand würdig wäre (und wer ist dies schon???), dann sei unbesorgt. Man hört, es zieht in Kürze die Familie eines gewissen Sir Dashwood mit sieben Söhnen (!!!!!!! ja, sieben Ausrufezeichen, für jeden Sohn eines) ins Nachbarhaus ein. Dann hättest Du wohl dreieinhalb an jeder Hand. Was für eine elende Rechnerei ist doch die Ehe!

Nachtläuten

Beim Eberl war er heute schon und beim Hanninger ist er erst gestern gewesen. Unschlüssig sah er sich auf der Kreuzung um, über sich eine Laterne, deren Öllicht schon beinahe heruntergebrannt war und konnte sich nicht entscheiden, welche Richtung er einschlagen sollte. Grinzing hatte einfach so viele Heurigenlokale und keines war besser als das andere.

Es war spät und er hatte immer noch Durst. Keinen tatsächlichen Durst, denn den hätte er auch mit Brunnenwasser stillen können. Nein, es war vielmehr ein unstillbares Verlangen nach Vergessen. Dazu hätte allenfalls der Brunnenschacht verholfen, hätte man denn den Mut gehabt, sich kopfüber hineinzustürzen.

Wohin nun mit sich? Links sah es düster aus, rechts noch viel schlimmer und man konnte doch unmöglich weiter geradeaus gehen. Der gerade Weg hatte ihm nie behagt. Wie lächerlich es war, wenn Menschen glaubten, alles würde immer so weiter gehen und nichts würde sich ändern. In seinem Leben gab es nichts, was von Dauer war – außer der Musik. Die Mutter tot – leider. Der Vater tot – Gott sei es gedankt! Es war ein Kommen und Gehen auf dieser Erde und manchmal hatte Veränderung ja auch etwas Gutes, jedenfalls dann, wenn die Richtigen starben, was allerdings selten der Fall war.

Hier dagegen, er drehte sich einmal um die eigene Achse, kam und ging nichts mehr. Grinzing schien wie ausgestorben. Nur er war noch da, mit seinem Durst und seinem Wahn und der Musik im Kopf, die nie, aber auch nie still sein wollte, obwohl er doch kaum noch etwas hören konnte. Selbst in den Nächten musste man doch hin und wieder etwas hören, dachte er sich: das Bellen eines Hundes, das Summen einer Gelse, das Knarren eines Bettes, das Muhen der Kühe, weil die dumme Magd sich lieber mit dem Stallburschen abgab als ihnen die Euter leer zu zapfen, das Seufzen eines Kindes im Schlaf. Nichts von alledem drang bis in seinen tauben Schädel vor. Aber sie mussten da sein, die anderen, und Geräusche machen, die er nicht vernahm.

Weil er weder nach rechts noch nach links wollte und schon gar nicht geradeaus, ließ er sich schlicht auf den Boden plumpsen und blieb, den Kopf an die Laterne angelehnt, einfach sitzen, wo er war. Es drehte sich die Welt ja eh schon um ihn herum, da bestand gar keine Notwendigkeit, sich noch selbst zu bewegen.

»Nur Wein gibt es keinen mehr!«, brüllte er in die Nacht hinein. Aber vielleicht flüsterte er es ja auch. Er konnte sich selbst ja doch nicht hören und was machte es schon für einen Unterschied, ob man laut war oder leise? Es war ja niemand da, sich über sein Benehmen zu beschweren. »Ist ja eh schon alles wurscht!«, lallte er.

Sommer, dachte er, was für eine absolut unerträgliche Jahreszeit! Ihm war furchtbar heiß in seinem Hemd mit dem gebundenen Halstuch und seinem Gehrock. Sogar um diese Uhrzeit hatte es noch weit über zwanzig Grad und die Hitze des Tages staute sich zwischen den Häusern und in den engen Gassen. Selbst hier, an der Kreuzung unweit der Grinzinger Kirche, zwischen den Bäumen, regte sich kein Lufthauch. Missmutig zerrte er am Knoten seines Tuches, bis er es endlich löste, und knöpfte sich sein Hemd bis zum Bauchnabel auf. Das war schon besser. Hätte es irgendwo einen Teich gegeben, hätte er sich jetzt nackt ausgezogen und wäre hineingesprungen und es wäre ihm gleich gewesen, ob er wieder aufgetaucht wäre. Wie war er nur auf die aberwitzige Idee gekommen, dass er sich hier erholen würde?

»Sie brauchen Ruhe, Bewegung, gesundes Essen und frische Luft, Maestro«, hatte der Arzt zu ihm gesagt. »Ein Kuraufenthalt, außerhalb der

Stadt. Ich schick Sie zur Erholung nach Grinzing. Das wird Ihnen guttun!« Eigentlich hatte der Arzt die Worte nicht gesagt, sondern sie in sein Konversationsheft geschrieben, denn das Lippenlesen fiel ihm nach wie vor schwer. Er gab sich allerdings auch keine besondere Mühe, weil die meisten Menschen in der Regel auch nicht die Mühe wert waren. Ruhe, pah! Der Arzt hatte ja keine Ahnung davon, was Ruhe so alles anrichten konnte.

Mit einem Mal aber vibrierte etwas unter ihm. Der Boden begann ganz leicht zu zittern. Erstaunlich! Er konnte sich nicht erinnern, so etwas schon einmal erlebt zu haben. Sein ganzer müder, schlaffer Hintern, der nun schon eine Weile lang auf dem Boden hockte, weil der Rest von ihm zu betrunken war, sich zu erheben, schien zu brummen. Wie hätte er sich gefreut, wenn sich jetzt, genau hier, an dieser Stelle, unter seinem Allerwertesten der Boden aufgetan und ihn verschluckt hätte! Das wäre doch ein grandioser Abgang! Aber irgendetwas an den Vibrationen ließ ihn zweifeln. So, da war er sich beinahe sicher, fühlte sich nicht die Apokalypse an. Zu regelmäßig waren die Erschütterungen und dauerten insgesamt kaum mehr als eine halbe Minute. Das war eindeutig nicht das Werk eines ihn wegen Trunksucht strafenden Gottes. Es musste eine andere Ursache dafür geben, irgendetwas Näherliegendes.

Er blickte sich um. Auf dem kleinen Platz war außer ihm keine Menschenseele. Nichts und niemand. Nur er und der weite, dunkle Grinzinger Nachthimmel über ihm, in dem der Allmächtige hauste. Und plötzlich, als er zur Kirchturmuhr emporsah, verstand er, was er da soeben gespürt hatte: die Glocken! Es war Mitternacht und obwohl er die Kirchenglocken nicht mehr hören konnte, hatte er doch ihre Schwingungen wahrgenommen.

»Das ist es!«, rief er aus, vielleicht aber flüsterte er es auch nur. Stark schwankend zog er sich am Laternenpfahl hoch und torkelte die paar Schritte bis zum Kirchenportal, rüttelte am Griff der schweren Holztür, bis diese überraschend aufschwang, und tastete sich im Dunkeln bis zum Turmaufgang. Der hatte zum Glück ein Geländer, an dem er sich die Stufen bis nach oben mehr zog, als dass er sie tatsächlich hinaufstieg.

Endlich oben angekommen fand er sich im Dunkeln kaum zurecht. Wahrscheinlich, so dachte er bei sich, würde er jetzt gleich den Turm wieder hinabfallen und das wäre doch immerhin ein schneller Tod und außerdem brachte es einen Gott wahrscheinlich näher, wenn man gleich direkt hier, in seiner Kirche starb. Obwohl – wenn man den Turm hinabfiel, bewegte man sich ja streng genommen in die entgegengesetzte Richtung, also nicht gen Himmel, sondern gen Hölle. Er kratzte sich am Kopf. Da konnte also etwas nicht ganz stimmen. Doch bevor er sich weiter darüber Gedanken machen konnte, warum ihn der Tod hinabziehen und nicht ins Paradies erheben würde, stieß er mit den an der Wand entlangtastenden Fingern an das, was er gesucht hatte.

Ungeduldig knotete er das eine Seil los und wickelte es um seine rechte Hand. Dann griff er zum zweiten Seil und schlang dieses um seine Linke. Mit einem »Hopsasa« sprang er in die Luft und zog so kräftig, wie er nur konnte, an beiden Seilen. Im Nu riss ihn die Kraft der sich in Bewegung setzenden Glocken nach oben. Rauf und runter ging es und je kräftiger er nach unten zog, umso wilder hob es ihn im Anschluss in die Höhe, bis er gar gut anderthalb Meter über dem Bretterboden zu schweben schien. Das Läuten der Glocken konnte er zwar immer noch nicht hören, aber mittlerweile vibrierte sein ganzer Körper von dem Höllenlärm, den die zwei bronzenen Ungetüme über ihm verursachten, und er spürte es bis in die Magengegend, wo sich langsam, aber doch ein warmes Gefühl ausbreitete, das er anfangs mit Übelkeit verwechselte, bis es ihm endlich einschoss, dass sich so wohl das Glück anfühlen musste.

Von der Anstrengung lief ihm schon der Schweiß die Stirn und den Rücken hinab und seine Hände, obgleich immer noch die Seile festhaltend, wurden zunehmend rutschiger, bis er schließlich ausließ und krachend zu Boden fiel. Vom stummen Dröhnen der Kirchenglocken erfüllt, breitete er seine Arme aus, streckte sich und fühlte mit dem ganzen Körper, was er über seinem Kopf im nächtlichen Kirchturm als Bewegung schemenhaft sehen, aber nicht hören konnte. Der Klang der Glocken drang durch ihn durch, vom Kopf bis zu den Zehenspitzen. Er konnte sich nicht erinnern, wann er das letzte Mal so sehr eins mit sich und der Musik gewesen war.

»Herrgott noch amal, wer läutet denn da?«

Er sah den Mesner erst, als er direkt über ihm stand und mit einer eilends herbeigeschafften Funzel in sein Gesicht leuchtete.

»Wos machen S' denn da?«, fragte ihn der Mann.

»Grüß Gott«, brüllte er und diesmal war er sich sicher, dass er tatsächlich zu hören gewesen war, sehr laut und sehr deutlich. »Ich läute die Glocken!« Er zeigte hinauf ins Gebälk.

»Nach Mitternacht? San S' wahnsinnig?«, fragte der Mesner entgeistert. Dann aber kam Leben in den Mann und mit einem unsanften Fußtritt in den Oberschenkel brachte er ihn dazu, sich vom Boden aufzurappeln.

»Schleich dich, du Lump!«, rief der Mesner.

Er dagegen lachte und lachte und noch, während er die Treppe wieder hinunterstieg, konnte er nicht aufhören, sich darüber zu amüsieren, dass dieser arme Trottel von Kirchendiener keine Ahnung davon hatte, dass er soeben Zeuge eines der bedeutendsten Ereignisse in der Geschichte der Menschheit geworden war. Er hatte Musik fühlbar gemacht! Das hatte vor ihm noch keiner geschafft.

Glucksend torkelte er in die Nacht hinaus, das Gesicht zu einem seligen Lächeln verklärt, so wie nur wirklich Betrunkene zu lächeln vermögen. An ihm vorbei lief der Herr Pfarrer mit fliegenden Rockschößen und er verneigte sich tief und ohne jede Ehrfurcht vor dem Mann, der offenbar noch gar nicht bemerkt hatte, was für ein unglaubliches Instrument in seinem Glockenturm hing. Der Pfarrer nahm kurz Notiz von ihm, deutete seinerseits so etwas an wie eine Verbeugung und rannte dann weiter hinein in die Kirche, den Turm hinauf, bis er dort, ganz oben bei den Glocken, auf den Mesner traf.

»Ja, was is denn?«, fragte er ganz außer Atem.

»Nix is g'schehn!«, informierte ihn der Mesner.

»A B'soffener hat die Glocken geläutet! Haben S' den nicht noch laufen g'sehn, Herr Pfarrer? So ein Trottel!«, schimpfte der Mann weiter. »Bricht in unsere schöne Kirche ein und macht dann einen Höllenlärm!«

Da baute sich der Pfarrer, der an sich eher klein und schmächtig war, im spärlichen Licht des Mondes, das durch die Ritzen ins Kirchturminnere drang, vor seinem Mesner auf und sagte streng: »Sei still, du! Ein Beethoven macht keinen Lärm, der macht Musik!«

Dann drehte er sich auf dem Stiegenabsatz um und ging, ohne seinen Mesner noch einmal zu beachten, wieder hinunter.

»Wie Sie meinen«, murmelte der Mesner vor sich hin, »aber b'soffen war er jedenfalls. Und genauso hat's auch geklungen.«

Nieder!

Auf dem Sarg lag ein dicker Kranz mit bunten Bändern. Rot, Blau und Gold, die Farben der Familie. Irgendjemand hatte dies wohl für angebracht gehalten. Nun aber, da der Zug gar so sehr ruckelte, als er in den kleinen Bahnhof einfuhr, abbremste und schließlich zu stehen kam, war der Kranz verrutscht und baumelte recht schief und unschön am rechten Eck der Totenkiste herab, in dem sie, »die werte Verstorbene«, ihre letzte Fahrt angetreten hatte.

Das war natürlich eine Lüge. Irgendwie musste ihr Leichnam ja noch vom Bahnhof in Gotha zum Krematorium gebracht werden. Entsprechend war die lange Zugreise von Wien bis nach Thüringen natürlich noch keineswegs ihre »letzte« Fahrt. Und wie wert sie der Nachwelt war, konnte man allein daran ablesen, dass niemand da war, den Sarg zu begleiten. Die letzte Reise, daran bestand hier kein Zweifel, trat man stets alleine an.

Kühl war es heute Früh, obgleich sie schon den 5. Juli hatten. Das war gut, denn jetzt, wo die Sonne langsam emporstieg und auf den Waggon schien, da … Man malte sich das besser gar nicht aus. Es war schon gut, dass sie den Zinksarg verplombt hatten. Und dass sie nicht mehr atmete, hatte durchaus etwas für sich!

Allerdings – wenn das Körperliche keine Rolle mehr spielte, dann war es leicht, den Geist zu entfalten. Es war Zeit, loszulassen. Das Alte, das sie nicht mehr erleben musste, und das Neue, das sie nicht mehr erleben wollte. Das alles spielte keine Rolle mehr, nicht für sie.

Während sich der Zug mit einem kleinen Ruck langsam wieder in Bewegung setzte, rutschte der Kranz endgültig von ihrem Sarg und rollte auf dem Boden bis zur Tür, wo er schließlich liegen blieb. Die zwei Schärpen, auf denen ihr Name stand und ein Gruß des Nobelkomitees, lagen nun zerknautscht neben einigen Schrankkoffern, hatte man doch beschlossen, den Sarg im Gepäckwagen zu transportieren. Da fuhr sie nun ihrer Feuerbestattung entgegen, zwischen den alten Unterhosen, Socken und Leibchen fremder Leute – kein sonderlich würdevoller Abgang.

Hätte sie aus dem Zugfenster sehen können, und das konnte sie ja nun nicht, einerseits weil der Gepäckwagen gar keine Fenster hatte, andererseits weil sie tot war und in einem blickdichten Sarg lag, dann hätte sie einige sehr junge Frauen dabei beobachten können, wie sie zwei jungen Männern, kaum der Schule entwachsen, hinterherwinkten, die den Zug bestiegen hatten und die nun wiederum ihrerseits, in der Tür stehend, mit freundlichen Gesichtern den Frauen einen letzten Gruß zuschnalzten, pfiffen und ihre Mützen schwangen.

Und die jungen Mädchen warfen Kusshände nach ihnen und riefen den Männern, die sie vermutlich nie wiedersehen sollten, weil der Krieg schon mit zwei Füßen in der Tür stand und nicht mehr gehen wollte, Liebesschwüre zu.

Dabei war dies keiner der üblichen Busserlzüge, die Männer, Frauen, Kinder, Mädge und den halben Hausstand von Wien ins kühle Nirgendwo verfrachteten, vorzugsweise an die Füße irgendwelcher Bergketten oder an irgendeinen See im Salzkammergut. Wer hier zum Abschied küsste, der tat dies nicht, weil er wiederkommen würde.

Und noch hatte es ja nicht begonnen, aber es dräute. Überall dräute das Unheil und der Tod war schon zu spüren. Er lauerte hinter den lachenden Gesichtern der Männer, hinter Mauern, hinter denen man Pläne ausheckte, wie man Täler, Schluchten und Städte ihrer Lebensadern berauben konnte, und er fuhr sogar in diesem Zug mit. Der Tod war in Wien zugestiegen und machte eine lange Reise, ganz bis nach Berlin. Er hockte zwischen Akten und Briefen, in denen das Schicksal einer ganzen Generation verhandelt wurde, lauter junge Männer, die nicht wussten, dass sie Züge besteigen und ihren Frauen zuwinken und sie doch nie wiedersehen würden.

Hätte sie jetzt in einem Grab gelegen, sie hätte sich umgedreht. Wahrscheinlich war das der wahre Grund, warum man alle Körper feuerbestatten sollte, so dachte sie bei sich und hätte gerne laut gelacht. Aber es war niemand da, ihr zuzuhören.

Dabei kam er durchaus als Freund, der Tod. Das wusste sie nur zu gut, denn für sie war er eine Erlösung gewesen. Aber für diese jungen Männer, die in wenigen Wochen, vielleicht nur noch Tagen, zu den Waffen greifen würden und die man ihre Brüder auf der anderen Seite des Grenzzauns niederschießen lassen würde, aus Gründen, die sie nicht verstanden und nie verstehen würden, für die kam der Tod nicht als Befreier daher. Denn wenn sie erst in den Schützengräben an ihren Bauchschüssen und Halsschüssen und Wundfieber verrecken würden, dann würde er sich in den Schlamm neben sie hocken und leise sagen: »Ein bisschen noch. Ich kann dich noch nicht mitnehmen. Du musst noch ein paar Stunden, Tage, Wochen aushalten, noch ein wenig mehr bluten, noch ein wenig mehr röcheln, noch ein wenig mehr leiden.« Erst dann würde er sie mitnehmen und in anonyme Gräber versenken, in denen sich ihre geschundenen Körper umdrehen würden, weil sie keine Ruhe fanden, denn Ruhe im Tod fand nur, wer beizeiten auch das Leben gefunden hatte. Das Leben aber stand hier auf dem Bahnsteig und winkte ihnen zum Abschied zu und warf Kusshände nach ihnen.

Sinnlos war das alles, das Morden, das Schlachten. Und wie sie dalag, in ihrem Sarg, und sich nicht mehr rühren konnte, da spürte sie doch immer noch die Wut in sich aufsteigen, dass sie nun tot war und nichts mehr tun konnte, um diesen Männern zuzurufen, dass sie aus dem Zug springen sollten und heimgehen zu ihren Frauen, ihrem Handwerk nachgehen, Kinder zeugen und weise alte Männern werden. Keiner von denen würde mehr ein weiser alter Mann werden.

Der Tod, so dachte sie, während die Sommersonne unbarmherzig die metallenen Wände um sie herum aufzuheizen begann, war auch gierig. Alle Kraft hatte er aus ihr herausgesaugt, über Wochen hatte sich das Sterben hingezogen und nun, da es vorbei war, war es doch zu früh gewesen. Sie konnte sie einfach nicht retten, diese Welt. Die Stimme aus dem Sarg, sie blieb ungehört.

Da sprang die Tür des Gepäckwagens auf und zwei Männer traten ein.

»Hier drinnen?«, fragte der eine erstaunt. Es

schien ihm kein angemessener Ort für eine Unterhaltung zu sein.

»Hier wird uns wenigstens niemand belauschen«, stellte der andere nüchtern fest. Er trug einen kurzen Schnurrbart und machte einen recht mürrischen Eindruck. »Nun geben Sie schon her!«

Der andere reichte ihm ein Telegramm. »Hier, Herr Graf. Wurde soeben frisch durchtelegrafiert.«

Auf der Rückseite des Blattes stand der Name »Hoyos«, daneben das Wort »vertraulich« mit drei Ausrufezeichen versehen.

»Von Graf von Berchtold«, stellte der andere zufrieden fest. »Es läuft alles nach Plan.«

»Das heißt?«

»Das heißt, dass wir Serbien über kurz oder lang den Garaus machen werden«, sagte Hoyos und wirkte plötzlich höchst zufrieden. »Solange wir Russland nicht verärgern, wird alles gut.« Er klopfte seinem Gesprächspartner auf die Schulter. »Nicht mehr lange und wir haben unser Ziel erreicht. Wenn wir erst den deutschen Kaiser auf unserer Seite wissen, schlagen wir los. Wie lange noch, bis wir in Berlin sind?«

»Gute fünf Stunden, Graf«, antwortete der andere.

»Wunderbar«, sagte Hoyos. Dann blickte er sich zum ersten Mal in dem Gepäckwagen um und deutete auf das graue Ungetüm aus Zink am Ende des Waggons. »Guter Gott, ein Sarg?«

Hoyos schaute fragend auf den zu Boden gefallenen Trauerkranz. Sein Gesprächspartner, offenbar sein Adjutant, schritt darauf zu und hob ihn auf. Dabei strich er die Schärpen glatt und las laut vor, was darauf stand: »Bertha von Suttner.« Er entfaltete die zweite Schärpe. »Der edlen Kämpferin für den Frieden gilt unser Dank. Das Nobelkomitee.«

Hoyos begann zu lachen. »Die Friedensbertha! Ausgerechnet!«

Er schien den Umstand, dass er im selben Zug fuhr wie die tote Bertha von Suttner, für äußerst amüsant zu halten. Sein Adjutant sah ihn fragend an. Er war zwar alles andere als ein Pazifist, aber angesichts einer Toten in Gelächter auszubrechen, hielt er dann doch für ziemlich unangemessen.

»Sie halten mich hoffentlich nicht für pietätlos, mein Lieber«, sagte Hoyos, als er den Blick seines Gehilfen bemerkte, »aber ich kann nicht verhehlen, dass mich die Tatsache, dass wir uns auf dieser Mission befinden, der Zukunft unseres geliebten Landes entgegenreisend, während die Vergangenheit uns auf ihrer letzten Reise begleitet, mit Heiterkeit erfüllt.«

»Die Zukunft, Graf?«

»Der Krieg«, antwortete dieser freiheraus. »Die

Zukunft heißt Krieg! Der sogenannte Pazifismus, den diese sentimentale Unperson vertreten hat, gehört eindeutig der Vergangenheit an. Wie passend, dass sie nun ihr Ende gefunden hat. Wo man sie wohl hinbringt?«

Der Adjutant räusperte sich verlegen. »Ich habe gehört, dass sie eine Feuerbestattung erhalten soll. Ich nehme daher an, dass man sie nach Gotha bringen wird. Das ist unter diesen Leuten wohl üblich.«

»Wie unsittlich!«, stellte Hoyos fest. »Statt ihren toten Körper der Erde zu überlassen, wo die Würmer sie fressen mögen, wird das Weib den Flammen übereignet … Nun, wie dem auch sei, für mich käme das nicht infrage. Ich gedenke, mich wie ein guter Christ ins Grab zu legen. Und Sie?«

»Nun, Graf, mein Großvater starb auf dem Schlachtfeld, mein Vater starb auf dem Schlachtfeld – da wird es mit mir vielleicht ein ähnliches Ende nehmen.«

Ernst schaute ihn Graf Hoyos von der Seite an, wie der junge Mann dort stand, den Kranz für die Friedensnobelpreisträgerin immer noch in den Händen haltend, ein schlaksiger junger Kerl ohne besondere Ausstrahlung, aber fleißig und rechtschaffen, das immerhin.

»Ihre Gelegenheit, sich als Held in der Schlacht zu beweisen, wird kommen«, sagte Hoyos. Dann rieb er sich die Hände. »Herrliches Wetter heute! Man sollte bald zuschlagen. Kriege beginnt man am besten im Sommer.« Dann nickte er dem jungen Mann zu, drehte sich um und verließ mit schnellen Schritten wieder den Gepäckwagen.

Der junge Adjutant aber legte den Kranz vorsichtig auf dem Zinksarg ab und drapierte auch die Schleifen ordentlich nach rechts und links. Dann zog er ein paar Zündhölzer hervor und verbrannte, wie er es immer tat, ordnungsgemäß das Telegramm. Mit den Schuhen trat er den kleinen Brandherd schließlich aus, kratzte mit dem Fuß die Asche zusammen und folgte seinem Vorgesetzten hinaus aus dem Gepäckwagen.

Ihr nächster Halt war bereits Gotha. Als der Zug in den Bahnhof einfuhr und schließlich zu stehen kam, rutschte der Kranz erneut vom Sarg und schlug hart auf dem Boden auf, genau an der Stelle, wo der junge Adjutant des Grafen Hoyos eben noch das Telegramm des Außenministers verbrannt hatte. Der Ruß der Asche beschmutzte die Schärpe und den Namen, der darauf geschrieben stand, sodass kaum noch erkennbar war, um wen es sich bei der Toten handelte.

Nieder!, wollte sie noch einmal rufen, nieder, nieder, nieder! Aber aus dem Sarg heraus war kein Laut mehr zu vernehmen.

Ein Sommertag

Wie er da so durch die Straßen der Karlstadt wanderte, überkam ihn ein Gefühl von Heiterkeit. Alles war gerade so, wie es sein sollte an diesem Tag: die Straßen fest, die Häuser hell und die Fenster darin wie Augen, die ihn freundlich anblickten. Und es war ja in der Tat ein Freudentag! Wie sollte man da also nicht beschwingt durch Düsseldorfs Straßen ziehen, ein Lied pfeifend und von guten Gedanken beseelt? Ein Kind war geboren worden, ein Junge, und er würde Felix heißen. Gab es denn einen besseren Grund zu feiern? Beileibe, ihm fiel keiner ein! Also pfiff er fröhlich sein Glück in die Welt hinaus und strebte seinem Ziel zu.

Um ein paar Blumen war er ausgetreten und kam mit einem Armvoll wilder Sommerblütenpracht zurück in die Bilker Straße 15. Er brachte vor Blütenlast kaum die Haustür auf und wurde gleich, als er eintrat, von der Kinderschar mit Jubel und Triumphgeheul empfangen, so als hätte er, einem Piratenkapitän aus ihren Spielen gleich, reiche Beute nach einer Kaperfahrt mit heimgebracht. Sogleich aber forderte die Haushälterin sie auf zu schweigen, weil die Mama Ruhe brauche und man das Kind nicht wecken solle – doch zu spät. Das Krähen des Säuglings war bis ins Erdgeschoss zu hören. Also teilte Johannes den Blumenstrauß geschwind auf in sieben kleinere Gaben und drückte jedem der lieben Wesen ein Büschel in die Hand. Er selbst behielt sich einen Zweig mit Flieder zurück. Und so marschierten sie im Gänsemarsch die Treppe hinauf, einer nach dem anderen, und klopften schließlich beim Zimmer der Mama an, in das man sie nun auch einließ. Ein Kind nach dem anderen legte seine Blumen auf der Bettstatt der Mutter ab und als er an die Reihe kam, sah Clara ihn mit müdem, aber freundlichem Blick an und nahm den Flieder aus seiner Hand entgegen.

»Sie werden doch wohl nicht das Zimmer in einen Garten verwandeln wollen, mein lieber Johannes?«, fragte sie mit gespieltem Ernst.

»In einen Garten Eden, liebste Frau Clara!«, antwortete er und die Hebamme, die im Hintergrund damit beschäftigt war, den Säugling zu wickeln, schnalzte missbilligend mit der Zunge. Da brachte dieser Mensch Blumen mit und ging hier ein und aus, als wäre er bereits der Hausherr und war dabei doch nicht einmal der Vater des Kindes! Was waren das nur für Verhältnisse in diesem Hause? Der gnädige Herr in einer Irrenanstalt, die gnädige

Frau allein mit nunmehr sieben Kindern und dann dieser junge Herr Brahms, der ganz offensichtlich in die gnädige Frau vernarrt war … Aber weil sie in ihrem langen Leben als Hebamme schon viel gesehen hatte, biss sie sich auf die Zunge und schlug stattdessen das neugeborene Kind in ein sauberes Dreieckstuch ein, denn darauf verstand sie sich besser als auf Dreiecksbeziehungen.

Clara nahm das kleine Bündel wieder entgegen und drapierte, einem plötzlichen Impuls folgend, ein paar der Blumen um das Kind herum. Den Rest übergab sie wieder an Johannes, der den Strauß auf dem Boden ablegte. Dann bat Clara: »Könnten wir nicht eines der Fenster öffnen? Es ist so ein schöner erster warmer Tag! Das Kind soll doch die Welt an einem Sommertag hören!«

Da riss die Hebamme vor Schreck die Hände in die Höhe und rief: »Aber, aber gnädige Frau! Die Miasmen!«, so als wäre es ganz und gar tödlich, sich an frischer Sommerluft zu erfreuen. Doch da wurde Clara streng und befahl der Amme, die Kinderschar bei der Hand zu nehmen und sie aus dem Zimmer der Mutter hinauszuführen, weil sie nun ein wenig Ruhe brauche. Die Hebamme, gleichfalls mit den Kindern hinauskomplimentiert, wirkte zwar tödlich beleidigt, aber sie tat, was Clara von ihr verlangte.

»Sie nicht, Johannes«, beeilte sich Clara zu sagen. »Sie bleiben bitte noch ein wenig.«

»Aber natürlich«, antwortete dieser und strahlte.

Kaum war die Zimmertür ins Schloss gefallen, ließ Clara vernehmlich die Luft aus ihren Wangen. »Na endlich!«, sagte sie.

»Was endlich?«, fragte Johannes ganz hellhörig geworden, ob diese Aussage wohl ihm galt und ihrer unerwarteten Zweisamkeit, sah man einmal von dem Neugeborenen ab.

»Den ganzen Tag schon geht sie mir mit ihren gut gemeinten Ratschlägen auf die Nerven. Miasmen hier, Miasmen da und nichts mache ich richtig. Das Kind soll nicht aufstoßen, aufstehen darf ich nicht … Als wäre es mein erstes Kind und nicht mein siebentes!«, erregte sich Clara.

»Woher weiß die gute Frau eigentlich etwas über Miasmen?«, wollte Johannes interessiert wissen und zog sich einen Stuhl ganz nah ans Bett heran, sodass er dem Säugling seinen kleinen Finger in die Faust legen konnte, den dieser bereitwillig ergriff.

»Weiß der Teufel woher«, sagte Clara leise, drückte ihre Nase an das nunmehr schlafende Bündel neben sich und schloss die Augen. Für eine Weile lang waren sie so in stiller Dreisamkeit vereint. Johannes betrachtete das mit Blumen umrankte Wesen und Clara, deren Haar, von einigen grauen Strähnen durchwirkt, offen über ihre Schulter fiel, und er spürte, wie er mit ganzer Kraft und allem Wollen liebte, bis es ihn innerlich fast zerriss.

»Spielen Sie mir etwas?«, bat sie ihn.

Da nickte er, entwand seinen Finger der winzigen Kinderhand, stand auf, ging ins Nebenzimmer, ließ die Türen offen, setzte sich ans Klavier und spielte ein paar der »Kinderszenen« seines Freundes und Hausherrn. Clara hörte mit geschlossenen Augen zu. Johannes konnte über den Flügel hinweg beobachten, wie ihr Arm nach unten sank, ihre Atemzüge immer ruhiger wurden und sie in den Schlaf hinüberglitt. Irgendwann hörte er auf zu spielen, stand vom Klavier auf und ging wieder zurück ins Schlafzimmer, kniete sich vor Claras Bett nieder und flüsterte: »Clara, ich bin so glücklich!«

Clara, die Augen fest geschlossen, erwiderte leise: »Ich auch, mein Herzensmann.«

Da konnte Johannes hören, wie es in seinem Inneren einen gewaltigen Knall gab und irgendetwas entzweiging. Es dauerte eine Weile, bis er realisierte, was es war. »Herzensmann« war der Kosename für Robert, nicht für ihn, und Johannes wurde schlagartig bewusst, dass an der rührenden

Szene der schlafenden Mutter mit dem Säugling und dem Mann, der ihnen am Klavier ein Schlaflied spielte, etwas falsch war. Dies war nicht sein Haus, dies war nicht seine Frau und dies war nicht sein Kind. Und sosehr er sie liebte, die Frau und das Kind und auch den Freund – er gehörte nicht hierher. Und weil das Herz manchmal schneller begreift als der Verstand, war es kurzerhand entzweigebrochen unter der Last des Namens, der nicht der seine war.

Johannes hielt es plötzlich nicht mehr aus, er musste hinaus an die Luft, musste Atem holen, verdammt, er atmete ja kaum noch! Er riss an seinem Halstuch herum, während er mit schnellen Schritten die Treppe hinablief, und war schon bei der Tür, als eines der Mädchen, Elise, den Kopf aus der Küche steckte und ihm zurief: »Aber lieber Herr Johannes, wo rennen Sie denn hin?«

Da hielt er kurz inne, wandte sich zu dem Kind um und antwortete mit belegter Stimme: »Ich muss kurz fort. Nicht lang.«

Er riss die Tür auf und stürmte hinaus. Helles Sonnenlicht schlug ihm entgegen und Düfte, so lieblich und schön, dass es einem die Sinne vernebeln konnte. Dazu kam eine Vielzahl an Stimmen, fröhlich und laut, die ihn mitten ins Leben hineinzerren wollten, weil doch endlich alles in der Natur und in den Menschen erwacht und fröhlich war, während er doch nichts anderes suchte, als seinem Kummer davonzulaufen. So rannte er, die Tränen kaum zurückhaltend, durch die von Flieder blühende Stadt und gelangte bald ans Rheinufer. Da floss es dunkel und unbarmherzig vor ihm davon, das Glück. Und was für ein Glück wäre dies wohl gewesen, sich dem kalten Wasser zu übereignen und nie, nie, nie mehr fühlen zu müssen? Wie gut konnte er plötzlich den Freund verstehen, der seinem Leben hier ein Ende hatte setzen wollen und der nun dahindämmerte in Endenich, einem ungewissen Tod entgegen, der nicht und nicht eintreten wollte. Und der nichts wusste von seinem neugeborenen Sohn.

Aber was war das? Schimmerte da nicht etwas auf dem Grund des Rheins? Konnte das etwa der Ring sein? Hatte Robert nicht erst seinen Ehering im Wasser versenkt und war dann hinterhergesprungen? Ja, sicher, das war er doch! Johannes konnte ihn deutlich erkennen! Und was, wenn er nun hinterhersprang und sich in die Fluten stürzte, den Ring zu bergen? Wenn er ihn sich über den Finger streifte und heimkehrte und ihr endlich sagen konnte: Schau, jetzt bin ich dein und du mein!

Da überfiel ihn plötzlich brennende Eifersucht und mit aller Macht der Verzweiflung schrie er sie über den Rhein hinaus, so laut und aus voller Kehle, dass ihn umstehende Passanten irritiert ansahen und einen Bogen um ihn machten. Da hatte dieser irrsinnige Mensch eine Frau und Kinder, das jüngste ein paar Stunden alt und das reinste und schönste Wesen unter der Sonne, und nichts wusste er in seinem Wahn! Nichts! Und er? Was hatte er?

Wie sehr wollte er sie und wie sehr wollte er, er wäre der Vater dieses Kindes und war doch nichts als … Was eigentlich? Ein Freund? Er spuckte das Wort in den Rhein hinein. Fast würgte es ihn, so sehr wollte er den Freund loswerden. Und nun stand er hier, am Ufer, und verstand, vielleicht zum allerersten Mal im Leben, dass er nie haben würde, was er sich so sehnlichst wünschte. Und doch war es ihm ganz und gar unmöglich, sich umzudrehen und Düsseldorf zu verlassen, sie zu verlassen.

Als sich der innere Aufruhr gelegt hatte und er wieder Luft holen konnte, wischte er sich die Tränen aus dem Gesicht, von denen er gar nicht bemerkt hatte, dass sie ihm über die Wangen gelaufen waren, und war mit einem Schlag erwachsen geworden. Endgültig.

Er machte kehrt und ging zurück zur Bilker Straße 15, betrat das Haus leise und schloss hinter sich die Tür. Er wollte keinen Lärm machen, niemanden aufschrecken. Einen Augenblick brauchte er noch für sich. Er sah zur Treppe. Oben war sie, schlafend, nicht wissend, was in ihm gerade zerbrochen war, und hier stand er, eine ganze Welt von ihr entfernt.

»Johannes ist wieder da!«, erscholl es plötzlich aus einem der Zimmer und es dauerte nur Sekunden, bis ihn die Kinderschar umringt hatte und ihn zum gemeinsamen Spiel mit sich fortzog. Da griffen lauter kleine Hände nach ihm, zerrten und streichelten und duldeten keinen Widerspruch. So ließ er sich mit fortreißen an diesem Sommertag, der bald zum Abend wurde, und als sie ihn drei Tage später bat zu bleiben, für lange, da blieb er und schaute auf Kinder und Haus, während sie wieder auf Tournee ging und der Freund Endenich lebend nicht wieder verlassen sollte. Und vor den Fenstern der Stadt verrottete der Flieder.

Briefe an Cassandra

Geliebte Cassandra,
noch immer bin ich ohne Dich! Dafür aber mit einem handfesten Sommerschnupfen ausgestattet. Den ich mir zuzog, als bei einem der ersten Sommerbälle im Hause Danburys keine Kutsche zu ergattern war, als es just zu regnen begann und ich, wie ein ertränktes Käterchen, minutenlang durch den Regen stapfte. Nun niese ich auf das Papier (verzeih die Flecken) und verfluche alle Welt. Gott sei meiner Seele gnädig. Aber (und dies ist ein großes Aber): Ich habe, da im Bett liegend, auch besten Ausblick auf die Straße, während ich Dir diese Zeilen schreibe, und beobachte voll Interesse den Einzug unserer neuen Nachbarn. Von den versprochenen sieben Gentlemen noch keine Spur. Aber ich bleibe auf der Lauer. Dein, hatschi!, Dich innig liebender Jägersmann, Jane

La Marinière

Gabrielle schloss ihr Modegeschäft in der Rue Gontaut Biron ab und begab sich auf den Weg zur Strandpromenade von Deauville. Sie war den ganzen Vormittag hinter dem Tresen gestanden und keine einzige Kundin war in ihrem Laden erschienen. Nun fühlte sie sich erschöpft und war überdies noch schlecht gelaunt. Dazu hatte das Telegramm von Boy, das heute Früh angekommen war, das Seine beigetragen: »Komme erst übermorgen. Das Abenteuer ruft. Auf bald, B.« Sie konnte sich schon denken, welcher Art dieses Abenteuer war. Das letzte hatte lange rote Locken und Beine bis zum Mond gehabt und das Abenteuer davor Brüste so groß wie zwei Pampelmusen, wie Boy ihr unumwunden gestanden hatte, kaum dass er wieder bei ihr angekrochen kam. Obwohl – angekrochen war das falsche Wort, so wie er da, rotwangig und beseelt von seiner Nacht mit dem Busenwunder, mit dem Rennwagen vor ihrem Laden vorgefahren war. Sie hatte ihm natürlich Vorwürfe gemacht und er hatte, wie stets, mit großen Augen auf sie herabgesehen und gesagt: »Diese Dinger waren wirklich unglaublich!

Ich musste einfach mit ihr schlafen, Darling! Das versteht du doch?«

Und natürlich hatte sie ihn zurückgenommen, murrend, kratzend, beißend, aber dennoch hatte sie ihn wieder in ihr Bett und in ihr Leben gelassen. Das bedeutete aber nicht, dass sie ihm alles verzeihen musste oder sich nicht das Recht herausnahm, ihm mit gleicher Münze heimzuzahlen.

Die Mittagssonne war gleißend und Gabrielle hielt sich die Hand vor die Augen, um überhaupt etwas sehen zu können. Die Promenade war gut besucht und obgleich sie sonst Gefallen daran fand, den Kleidern der feinen Pariser Damen hinterherzuschauen, die hier zur Erholung weilten, zog es sie diesmal weiter, fort von den Massen lärmender Badegäste, bis sie irgendwann beim Fischerhafen ankam. Dort kaufte sie sich eine kleine Tüte mit frittierten Fischchen, setzte sich auf einen achtlos auf dem Pier abgelegten alten Fender und verspeiste ihr Mittagessen in Windeseile und mit einigem Heißhunger, weil sie seit der Früh nichts zu sich genommen hatte als einen kleinen Kaffee. Ihr Blick wanderte zu den Fischerbooten hinüber, die jetzt, zur Mittagszeit, ihre Ladung längst gelöscht hatten und auf denen die Fischer damit beschäftigt waren, ihre Netze zu flicken und alles für den kommenden Fang herzurichten. Es roch nach Tang und die Fischer nahmen von der

Frau im weißen Kleid, die da ganz ungeniert in ihren Bereich eingedrungen war, keinerlei Notiz – bis auf einen jungen Mann, der plötzlich hinter Gabrielle auftauchte und sie ansprach.

»Runter da!«, sagte er.

»Wie bitte?«, fragte sie, ohne von ihrem Platz aufzustehen.

»Ich sagte, runter da!«, wiederholte der Mann und zeigte auf das Ding unter ihr. »Das ist mein Fender.«

Gabrielle rührte sich keinen Millimeter. Sie hatte schon lange damit aufgehört, sich von den Männern herumkommandieren zu lassen. Besser, man blieb erst einmal, wo man war.

»Verzeihung, aber jetzt ist es meine Bank«, entgegnete sie.

»Verzeihung, aber wenn Sie Ihren Hintern nicht von meinem Fender heben, werfe ich Sie ins Hafenbecken.«

Gabrielle fing an zu lachen. »Das würden Sie nicht wagen!«

»Ach, würde ich nicht?«, fragte der junge Mann todernst. Doch dann schlich ein Grinsen über sein Gesicht, das ihm ausgesprochen gut stand, und er sagte: »Na gut, würde ich nicht, weil sie jung und hübsch sind. Aber wenn Sie alt und hässlich wären, dann wäre das etwas anderes.«

»So, wäre es das?«, fragte Gabrielle. »Sie meinen also, alte und hässliche Frauen haben kein Recht darauf, in Ruhe auf einer Bank zu sitzen?«

»Es ist ein Fender«, wiederholte er.

»Das sagten Sie bereits.«

Der junge Mann, der die übliche Kleidung der Fischer trug, nämlich eine dunkle Stoffhose aus rauem Tuch und ein gestreiftes Hemd, kratzte sich am Kopf. »Madame«, begann er jetzt unerwartet höflich, »gehen Sie jetzt von meinem Fender herunter oder nicht? Ich muss den nämlich zu meinem Boot bringen und dann die Kübel reinigen und …«

Die Sonne verfing sich in den ausgebleichten Locken des Mannes und Gabrielle überkam plötzlich das Bedürfnis, ihre Finger in die von Salz und Wind zerzausten Haare gleiten zu lassen.

»Zeigen Sie mir Ihr Boot!«, bat sie ihn.

Der junge Mann, dessen braun gebranntes Gesicht das Blau seiner Augen noch betonte, deutete nach Westen. »Da hinten liegt es«, sagte er. »Die ›Aurore‹. Ist ’n kleines Fischerboot. Nix Besonderes.«

»Nicht von hier aus«, sagte Gabrielle und lächelte den jungen Fischer an. »Ich möchte Ihr Boot gerne aus der Nähe sehen.«

»Ist nur ein Fischerboot, Madame«, wiederholte er sich.

»Nun, wie es der Zufall will, mag ich Fischerboote«, sagte Gabrielle.

Er zögerte kurz, aber dann nickte er, reichte ihr die Hand und zog sie nach oben. Anschließend schulterte er den Fender und ging voran. Gabrielle folgte dem Fischer, bis sie vor seinem Boot standen. Es war hellblau und weiß gestrichen und es roch, so wie alle Fischerboote rochen, nach Meer und Tier und Kernseife.

»Darf ich an Bord kommen?«, fragte Gabrielle.

»Bringt Unglück«, sagte der Fischer.

»Glauben Sie mir, es bringt mehr Unglück, mich an Land zurückzulassen!«

Und so half der Mann Gabrielle schließlich, an Bord zu gelangen. Kaum hatte sie die Planken des schwankenden Bootes betreten, kam ihr ein feuerroter, massiger Kater entgegengelaufen und strich um ihre Beine.

»Weg da, Balzac!«, sagte der Mann und versuchte, den Kater mit Schnalzlauten zu verscheuchen. Der blieb jedoch völlig unbeeindruckt und schmiegte sich weiter an Gabrielle.

»Scheint Sie zu mögen«, stellte er fest.

Gabrielle kniete sich nieder und kraulte das Tier unterm Kinn, was dieses bereitwillig mit sich geschehen ließ.

»Lesen Sie gern?«, fragte sie im Gegenzug.

»Was?«

»Ob Sie gerne lesen! Na ja, wegen des Namens: Balzac.«

Da fing der Fischer an zu lachen. »Nein, ich lese kaum mal etwas anderes als die Zeitung, Madame. Ich hab ihn nach meinem Onkel benannt: Pierre Balzac. Der ist auch dick und hat auch rote Haare.«

Gabrielles Lachen klang weit über die Fischerboote hinaus. »Sie sind sehr amüsant«, stellte sie fest.

»Und Sie verdammt schön«, gab ihr der Fischer unumwunden zurück.

»Wollen Sie mir jetzt Ihr Boot zeigen?«, fragte sie.

Der Fischer kaute auf seiner Unterlippe und betrachtete Gabrielle, wie sie dort in ihrem weißen Sommerkleid und mit einem selbst kreierten Strohhut auf seinem alten Kahn stand. »Sind Sie sicher?«, wollte er wissen und deutete mit ausladender Bewegung auf die herumliegenden Netze und das vom Ausnehmen der Fische am Morgen noch dreckige Deck. »Sie scheinen nicht ganz ins Bild zu passen.«

Da beugte sich Gabrielle kurz entschlossen vor, legte ihre rechte Hand auf die Schulter des jungen Fischers und küsste ihn schnell, beinahe flüchtig auf den Mund. Seine Lippen waren angenehm weich. »Ich bin genau da, wo ich sein möchte«, flüsterte sie ihm schließlich ins Ohr. Dann drehte sie sich um und ging zum Steuerstand vor. Sie öffnete die Tür und trat ein. Nach kurzem Zögern folgte ihr der Fischer.

Platz sich hinzulegen gab es keinen, also setzte sich Gabrielle neben das Steuerrad auf das Armaturenbrett, während er die schmale Tür hinter sich schloss.

»Zieh das Hemd aus«, befahl sie, zum vertrauten Du wechselnd, kaum dass die Fronten geklärt waren. Er tat wie ihm geheißen und bat dann: »Darf ich dich auch ausziehen?«

»Nein«, sagte sie entschieden und schob stattdessen einfach ihr Kleid hoch.

Es dauerte kaum länger als zwei, drei Minuten und Gabrielle hatte durchaus schon Besseres erlebt, aber ihr gefielen seine muskulösen Oberarme und sein sonnenverbranntes Gesicht, das so anders war als das von Boy, und sie beobachtete ihn mit einigem Genuss dabei, wie er sich für einen Moment lang an sie verlor. Zum besseren Halt krallte sie sich mit den Fingern in seinen Haaren fest. Als er fertig war, ließ sie den Saum ihres Kleides wieder herunter und fragte ihn nach einer Zigarette. Die hatte er zwar nicht, dafür aber Tabak und er drehte ihr mit geschickten Fingern und in Windeseile etwas, das er ihr wie einen kleinen Schatz offerierte. »Da.«

»Feuer?«

Er zog aus seiner Hosentasche ein paar Streichhölzer und gab ihr schließlich Feuer.

»Ich kenn nicht einmal deinen Namen«, stellte er fest.

»Du darfst mich Coco nennen«, sagte sie.

»Jacques«, stellte er sich vor und fügte dann hinzu: »Mit so einer feinen Dame wie dir hatte ich noch nie etwas.«

»Du irrst dich«, antwortete sie. »Ich bin keine feine Dame. Und überhaupt: Ich ertrage allzu feine Dinge nicht. Ich mag es, wenn sich die Dinge gut anfühlen.« Sie machte eine kurze Pause. »Du fühlst dich gut an!«, stellte sie fest, zog den Rauch ihrer Zigarette ein und blies ihn anschließend über Jacques' nackte Brust, was dieser unbeeindruckt mit sich geschehen ließ. Dann, einem Impuls folgend, kniff sie ihn mit der freien Hand in die Brustwarze.

»Autsch!«, rief er, griff nach Gabrielles Zigarette, warf sie auf den Boden und trat darauf. »Vielleicht solltest du jetzt gehen«, sagte er. »Mein Vater kommt bald zurück, um mir mit dem Boot zu helfen. Und wenn er dich hier findet, also … du verstehst.«

»Ach«, stellte Gabrielle amüsiert fest, »jetzt bin ich plötzlich nicht mehr fein genug?«

»Nein, so ist das nicht«, beeilte sich Jacques zu sagen, doch Gabrielle hatte verstanden. Sie hatte ihren Spaß gehabt und nun sollte sie verschwinden. Doch ganz so billig wollte sie ihn nicht davonkommen lassen.

»Gib mir dein Hemd«, bat sie ihn.

Zögerlich hob er es vom Boden auf und reichte es ihr. »Wozu brauchst du mein Hemd?«

Gabrielle befühlte den Stoff. Er war grob und dennoch leicht. Und die Streifen hatten irgendetwas an sich …

»Warum tragt ihr Fischer eigentlich alle Streifen?«, wollte sie wissen.

»Nicht nur wir Fischer«, sagte Jacques. »Auch die Matrosen. Das liegt daran, dass man uns dann im Wasser besser wieder finden kann, falls es uns einmal ins Meer spült.« Er grinste und zog Gabrielle, die immer noch sein Hemd betrachtete, eng an sich. »Ich hoffe, du findest mich auch bald wieder, Coco!«

Irgendetwas war falsch an der Art, wie er ihren Namen aussprach. Sie hätte ihn ihm nicht verraten sollen.

»Wohl kaum«, entgegnete sie und befreite sich aus seiner Umarmung. Dann öffnete sie die schmale Tür zum Steuerstand und trat, das Hemd in der Hand, hinaus in die Sonne. Neben dem Einstieg lehnte ein Mopp und einer plötzlichen Laune folgend schlug Gabrielle Jacques die Tür vor der Nase zu und klemmte den Stiel des Mopps unter die Klinke, sodass die Tür verbarrikadiert war. Jacques war nun ein Gefangener auf seinem eigenen Boot.

»Hey!«, konnte sie ihn empört durch die geschlossene Tür sagen hören. »Was soll das?«

»Adieu!«, verabschiedete sich Gabrielle lachend und machte sich daran, das Boot zu verlassen.

»Und mein Hemd?«, rief ihr Jacques hinterher.

Zwei Tage später traf Boy unter lautem Getöse seines neuen Automobils in Deauville ein, riss mit Schwung die Tür zu Gabrielles Laden auf und rief: »Ich bin zurück, Darling!«

Statt einer Antwort empfing ihn nur ein gähnend leerer Laden, weshalb Boy begann, nach seiner Geliebten zu suchen. Er fand sie, auf dem Boden sitzend, im Nebenraum, im Schoß etwas aus grobem Leinenstoff, das sie zusammenflickte. Sie trug schwarze Hosen und etwas, das Boy auf den ersten Blick als Fischerhemd identifizierte.

»Was tust du da?«, fragte er verblüfft.

»Ich arbeite«, sagte sie nur, ohne von ihrer Näherei aufzuschauen.

»Ah ja. Und was zur Hölle trägst du da? Das ist doch nicht etwa ein Männerhemd?«, wollte Boy wissen.

Da sah Gabrielle schließlich von ihrer Arbeit auf, schenkte Boy das süßeste Lächeln, das sie hatte, und fragte: »Wie war dein Abenteuer?«

Der Hut

Im Schaufenster lagen sie dicht an dicht, die Strohhüte, die die Städter gerne zur Villégiature auf ihren Köpfen in den Vorstädten und Erholungsorten rund um den Moloch Paris bis weithin in die Normandie hinein spazieren trugen, etwas gegen die Sonne und die Hitze, der man zu entfliehen versuchte. Die ganze Stadt schien förmlich zu kochen. Überall brodelte es und geriet die Welt in Aufruhr. Wo immer zwei Menschen die Köpfe zusammensteckten entbrannte Streit und gab es nur eine Frage, die niemand klären konnte: schuldig oder unschuldig?

»Ist ja nicht so, dass nicht auch ein Krieg vor der Tür stünde«, sagte der alte Michél jeden Tag, wenn er in der Werkstatt am Cour du Bel-Air die Hutränder vom Holz zog. »Aber worüber redet die Welt? Den Fall Caillaux.«

Das entsprach nicht ganz der Wahrheit. Vielmehr redete ganz Paris von nichts anderem, während der Rest der Welt sich in einen Kriegstaumel stürzte, ganz so, als hätten sie seit Jahren auf die Schüsse von Sarajevo hingefiebert und nun war sie endlich da, die Chance, sich gegenseitig den Garaus zu machen.

»Wann musst du denn bei Madame sein?«, wollte der alte Michél von Claudine wissen.

»Gegen elf Uhr.« Claudine verpackte gerade vorsichtig den Hut für Madame Caillaux in einer überdimensionierten Hutschachtel, sodass sie ihn unbeschadet ins Saint-Lazare transportieren konnte.

»Ich finde es immer noch nicht richtig«, gab Michél ihr zu verstehen, »dass du den Auftrag angenommen hast.«

»Ach was«, wischte Claudine alle Bedenken beiseite, »das wird ein riesengroßer Erfolg! Denk dir nur, wenn alle Gerichtsreporter über dieses Meisterwerk berichten und dann überall unser Name auftaucht, was uns das für Aufträge einbringen wird! Außerdem ist Madame Caillaux eine unserer Stammkundinnen.«

»Ich finde trotzdem, dass es ein Fehler ist«, sagte Michél, aber dann wandte er sich wieder seiner Arbeit zu und Claudine schnappte sich die große Hutschachtel und machte sich auf den Weg zum Gefängnis. Dort angekommen, schleuste man sie durch diverse Türen und einen langen, dunklen Gang entlang, dessen Fenster allesamt vergittert waren, bis man sie schließlich vor die richtige Zellentür führte. Der Wärter schloss ihr die Tür auf und kaum, dass Claudine hindurchgegangen war, verriegelte er sie auch schon wieder.

»Willkommen«, sagte Madame Caillaux mit zarter Stimme. »Was haben Sie mir denn heute mitgebracht?«

Es waren Hahnenfedern, schwarz eingefärbt und hochgesteckt – der Schwanz eines stolzen, toten Gockels. Drum herum hatte Claudine ein ganzes Potpourri an Schleifen, kleineren Federn und Tüll angehäuft. Es war schier unmöglich, dass man Madame Caillaux mit diesem Hut übersehen würde. Nicht, dass es notwendig gewesen wäre, noch mehr Aufmerksamkeit zu erregen, aber immerhin. Er würde zuverlässig die Blicke auf sich ziehen, die dann hinunterwandern und schließlich an den Augen der Madame hängen bleiben würden, um in diesen die Antwort auf die eine Frage zu geben, um die sich alles drehte.

»Gefällt Madame der Hut?«, fragte sie gespannt.

»Wunderbar, Claudine«, lobte Madame Caillaux.

»Madame sehen damit sehr elegant aus!«

Henriette betrachtete kritisch ihr Spiegelbild. Auf Eleganz kam es nicht unbedingt an, aber ihr gefiel sichtlich die Dramatik des Federaufbaus und das Schwarz war dem Anlass sehr angemessen. Immerhin, so schoss es Claudine durch den Kopf, ging es hier um Tod oder Leben.

»Wollen Madame, dass ich Ihr in den Mantel helfe, damit wir ihn im Ensemble betrachten?«

»Nein, das kann ich selbst, vielen Dank. Sie dürfen jetzt wieder gehen, Claudine.«

Die Modistin machte einen höflichen Knicks und wandte sich zur Tür. Erst in dem Moment, da ihre Hand schon nach der Klinke greifen wollte, bemerkte sie, dass es keine gab.

»Sie müssen klopfen«, belehrte sie Henriette Caillaux, »dann wird man Ihnen öffnen.«

Hastig klopfte Claudine dreimal gegen die Zellentür. Die Spitze ihrer Handschuhe grub sich dabei tief in ihre Fingerknöchel ein und ein jäher Schmerz durchzuckte die junge Putzmacherin. Als das Klopfen verhallt war, sich jedoch niemand rührte und sie nicht wissen konnte, ob man ihren Wunsch, die Gefängniszelle zu verlassen, bemerkt hatte, wurde sie leicht nervös.

Madame Caillaux beobachtete, nicht ohne Genugtuung, was sich im Gesicht der Modistin abzeichnete, und sagte dann: »Unangenehm, nicht wahr, Claudine? Man fühlt sich wie ein Tier.«

»Ja, Madame«, bestätigte diese und begann damit, an ihrem Blusenkragen zu nesteln.

»Nun wissen Sie, wie ich mich fühle – jeden einzelnen Tag«, fuhr Henriette Caillaux fort.

Noch einmal trieb Claudine ihre Fingerknöchel gegen die Tür, wieder der Schmerz, wieder ein Schweigen auf der anderen Seite.

»Man hat uns wohl vergessen, Claudine«, stellte Madame Caillaux leichthin fest. Die Vorstellung, dass tout Paris sie in diesem Augenblick aus dem Gedächtnis gestrichen haben könnte, amüsierte sie anscheinend. Welch ungeheure Vorstellung! Wo doch ihr Fall der Gesprächsstoff Nummer eins in allen Bars, Theatern und erst recht in allen Zeitungen war! Hatte nicht unlängst so ein Schmierfink geschrieben, dass man ob des Mordfalls Gaston Calmette noch den Beginn des nächsten Krieges verpassen würde? Alles schrieb, alles redete nur von ihr, seit sie diesen … sie schluckte kurz … Bastard erschossen hatte.

»Gibt es hier eine Klingel?«, fragte die Modistin mit heiserer Stimme.

»Sie verwechseln das Saint-Lazare offenbar mit einem Hotel, meine Liebe.« Henriette schmunzelte, dann besah sie sich noch einmal ihr eigenes Spiegelbild und betrachtete dabei eingehend ihren neuen Hut. Claudine hatte sich selbst übertroffen. Ein Meisterwerk! Vorsichtig nahm sie ihn vom Kopf, stand auf, ging zum Bett hinüber und legte ihn zurück in die dort abgelegte Transportschachtel, in der die Modistin den Hut bis in ihre Zelle hineingetragen hatte.

»Hallo?«, rief diese und klopfte ein drittes Mal. »Hallo? Hört mich jemand?«

»Haben Sie Angst vor mir, Claudine?«, fragte Henriette ganz unvermittelt und nahm neben der Hutschachtel Platz. »Ich frage nur, weil Sie so verzweifelt versuchen, aus dieser Zelle zu entkommen. Wobei ich Ihnen dies natürlich nicht verübeln kann. Ich selbst würde auch einiges dafür geben, hier rauszukommen.«

Ihre Stimme klang beinahe heiter, als hätte sie einen harmlosen Witz gemacht, ein kleines Bonmot, um die Stimmung zu heben. Claudine war dennoch schockiert.

»Angst?«, fragte sie. »Wieso sollte ich Angst haben, Madame?«

»Nun, weil ich doch eine Mörderin bin«, stellte Henriette leichthin fest.

Die Modistin musste sichtlich schlucken.

»So steht es ja überall in allen Zeitungen«, fuhr Henriette fort. »Jeder, der will, kann es nachlesen, dass ich eine Mörderin bin.«

»Oh Madame, aber ich lese ja gar keine Zeitungen!«, behauptete Claudine.

»So?«

»Nein, Madame.«

Madame Caillaux zupfte ihren Rock gerade. »Das beantwortet dennoch nicht meine Frage: Halten Sie mich für eine Mörderin, Claudine?«

»Nein, Madame«, antwortete die junge Frau,

aber man sah ihr an, dass sie nicht die Wahrheit sagte. Henriette Caillaux schmunzelte.

»Sie dürfen es ruhig sagen, meine Liebe. Ich bin eine Mörderin. Ich habe Gaston Calmette erschossen.«

Claudine lehnte sich an die Tür der Gefängniszelle, einzig und allein, um Halt zu finden und um eine Verbindung nach draußen zu ertasten, denn das Draußen war ja ganz nah. Die Freiheit lag hinter dieser Tür und man würde sie ganz sicher bald hinauslassen.

»Sie sagen ja gar nichts, Claudine«, stelle Madame Caillaux fest.

»Ich weiß nicht, was ich sagen soll.« Sie begann leicht zu zittern, dabei war es bereits Ende Juni und in der kleinen Zelle mit dem winzigen, weit oben gelegenen Fenster ziemlich stickig.

»Warum fragen Sie mich nicht, was mich alle fragen? Fragen Sie mich, warum ich es getan habe!«

Die Tür in ihrem Rücken fühlte sich kalt an.

»Aber Madame …!«

»Na los, seien Sie nicht schüchtern, fragen Sie!«

Die Augen von Henriette Caillaux waren fest auf sie gerichtet. Vor diesen Augen gab es kein Entkommen.

»Warum haben Sie es getan, Madame?«

Da lächelte Henriette. Es schien fast, dass sie erleichtert war, jetzt, da endlich ausgesprochen war, was schon die ganze Zeit über den Raum angefüllt hatte. Und hier, in dieser Gefängniszelle, würde sie, anders als außerhalb der Mauern von Saint-Lazare, den Diskurs bestimmen können.

»Ich wollte ihn eigentlich gar nicht töten«, stellte Henriette klar. »Ich habe danebengezielt. Aber dieser Schuft hat sich, feige, wie ein Mann nur sein kann, vor mir auf den Boden geworfen. Und zwar genau an die Stelle, auf die ich zielte. Ich hätte ihn gar nicht getroffen. Er selbst war es, der sich mit seiner feigen Tat gerichtet hat. Ein echter Mann tut so etwas nicht, verstehen Sie?«

Claudine nickte, so, als hätte sie verstanden.

»Und nun«, fuhr die Madame fort, »fragt sich die Welt, ob ich wohl eine echte Frau sei.« Sie lachte auf. »Na, Claudine? Bin ich eine echte Frau? Los, los, nur nicht schüchtern sein.«

Die Hutmacherin nickte zustimmend. »Natürlich sind Sie eine Frau, Madame.«

Henriette schaute sie schräg von unten an. »Aber?«

»Kein Aber, Madame.«

»Oh, ich höre doch, dass da noch ein Aber kommen sollte!«

War das etwa eine Falle? Claudine drückte sich mit ganzer Kraft gegen die Zellentür. Vielleicht würde sie jemand hören, wenn sie schrie? Da draußen musste doch jemand sein! Oder war es klüger, auf die Frage der Madame einzugehen? Noch ehe sie über ihre Worte wirklich nachgedacht hatte, purzelten sie ihr schon aus dem Mund.

»Sie haben den Mann erschossen!«

»Ja«, stellte Henriette klar, »ja, das habe ich!« Und dann sagte sie etwas geradezu Ungeheuerliches. »Und ich würde es wieder tun!«

Irgendwo im Gebäude des Saint-Lazare wurde in diesem Moment eine Tür geöffnet, die kurz darauf knarrend ins Schloss fiel. Schritte näherten sich – und verhallten, als die Person, zu der sie gehörten, an der Zelle der Madame Caillaux vorüberging. Eine weitere Tür fiel krachend ins Schloss und kurz darauf war alles wieder still. Warum nur hatte sie nicht gerufen? Man hätte sie aus dieser Zelle geholt, in wenigen Minuten hätte sie wieder frei geatmet, draußen, in der warmen Pariser Junisonne, in Freiheit. Stattdessen war sie immer noch hier. Weil sie diese eine Frage stellen musste. Sie, die anderen, die wussten, welche Kundin sie bediente, hatten sie ihr längst gestellt und sie würden sie ihr wieder stellen, aber in diesem Augenblick zählte nur, dass sie sie stellte, weil auch nur sie eine Antwort brauchte.

»Warum?«, fragte Claudine.

Henriette Caillaux strich sich ihren Rock glatt

und blickte hoch zu dem kleinen, vergitterten Fenster, durch das zwar Licht drang, aber das doch keine Sicht nach draußen freigab.

»Ich wollte, dass es aufhörte«, sagte sie leise. »Die Lügen, die Beschuldigungen, die Anwürfe – all das widerliche Zeug, das dieser Mann im *Figaro* über uns, meinen Mann und mich, geschrieben hat … Es war so erniedrigend, verstehen Sie? Wie konnte ich denn da noch meinen Freundinnen in die Augen sehen? Oder den Kindern? Und es ist ja nicht so, dass er es nicht verdient hätte. Bei Gott, er hatte es wirklich verdient! Ich wollte einfach nur, dass das alles endet. Also hab ich es beendet. So einfach war das.«

Plötzlich gab sich Madame Caillaux einen Ruck, sah die Modistin freundlich an und erklärte: »Ich danke Ihnen sehr für Ihr Kommen, meine Liebe! Der Hut ist ganz superb! Er wird seine Wirkung ganz sicher nicht verfehlen. Er macht mich«, sie schmunzelte, »zur wahren Frau!«

Sie zog an einer zarten Schnur, kaum dicker als ein Bindfaden, die Claudine zuvor noch gar nicht aufgefallen war, und ein kleines Glöckchen erklang von weit her. Also gab es doch eine Klingel! Sofort näherten sich wieder Schritte und diesmal steckte jemand den Schlüssel von außen ins Schloss, sperrte die Tür auf und ließ sie hinaus.

»Au revoir, Claudine«, sagte Henriette Caillaux.

»Au revoir, Madame«, antwortete Claudine.

Ihr war schwindelig und sie bekam keine Luft, so als wäre sie gerannt. Vollkommen außer Atem stand sie an eine Mauer gelehnt da und versuchte, ihre Sinne zu sammeln. Wenn man Madame Caillaux freisprach, dann lag ein Teil der Schuld bei ihr. Sie hatte einer Mörderin zur perfekten Tarnung verholfen. Mit dieser Schuld würde sie nun leben müssen.

Mühsam richtete sich Claudine auf und schaute in den Himmel. Es war gerade einmal halb zwölf. Bald war Mittagszeit und die Sonne brannte bereits aufs Straßenpflaster herunter, sodass sich alles um sie herum aufzuheizen begann. Claudine aber schüttelte es. Ihr war eiskalt.

Der Gärtner

Es stank. Diese ganze elende, dreckige, widerliche Stadt stank zum Himmel! Der Tiber war eine einzige, lang gezogene Kloake, die mit ihrem trüben Wasser die angeblich bedeutendste Metropole der Welt in ein Drecksloch verwandelte. Rom im Sommer, so viel stand für sie fest, war ein Sinnbild der Pestilenz.

Natürlich hatte es auch etwas damit zu tun, dass er nie Zeit für sie hatte. Da schleppte der Mann sie milia passuum weit bis in diese furchtbare Stadt, weil er angeblich ohne sie nicht leben konnte, und dann ließ er sie quasi tagelang links liegen, oder, noch schlimmer, dinierte mit seiner Ehefrau, während sie sich in seiner Villa zu Tode langweilen durfte.

Noch vor wenigen Wochen hatte ein Fest das andere gejagt, aber mit Fortschreiten des Sommers hatten die besseren Römer die Stadt verlassen, um auf ihren Landgütern Erholung von Hitze und Gestank zu suchen. Nicht dass sie sie vermisst hätte, es war ihr ohnehin alles eins. Die Gesellschaft, die Festessen, die ewigen Gerüchte, weil sie ja doch nur alle zu ihr kamen, um sich im Anschluss hinter vorgehaltener Hand über sie das Maul zu zerreißen – das alles war ihr zuwider. Am Anfang hatte es sie noch gefreut, die anderen in den Schatten zu stellen, mit ihrer Schönheit, ihrem Ansehen, ihrem Reichtum. Sie war die Sonne, um die die römische Gesellschaft fortan kreisen musste. So hatte er es ihr gegenüber ausgedrückt und der Gedanke war verlockend gewesen, sich selbst als göttlichen Mittelpunkt zu sehen, um den sich alles drehte. Es dauerte gar nicht einmal so lange, bis sie begriff, dass sie sich geirrt hatte. Sie war nicht der Mittelpunkt der römischen Gesellschaft – er war es. Das missfiel ihr, sehr sogar. Und nun, da keine Gesellschaft mehr da war, kreiste sie nur noch um sich selbst.

»Meine Königin, hier sind die Entwürfe für die neue Heckenbepflanzung, die Ihr sehen wolltet«, sagte der Gärtner, den sie hatte kommen lassen und den sie, ganz in Gedanken versunken, noch gar nicht bemerkt hatte, wie er da still und leise im Hintergrund wartete. »Wie? Ach, ja«, sagte sie leise und ignorierte die Tatsache, dass der Mann sie von sich aus angesprochen hatte, wofür man ihn in Ägypten ohne Zweifel einen ziemlich schmerzhaften Tod hätte sterben lassen. Aber hier? »Zeig her!«, befahl sie.

Der junge Gärtner trat näher und breitete ein Pergament vor ihr aus, anhand dessen er begann, ihr seine Ideen für eine neue Heckenanlage zu erläutern.

»Hier«, er deutete auf die Mitte des Pergaments, »käme das Herzstück des Gartens hin: ein C und ein K, die ineinandergreifen.«

»Und die stehen wofür?«, wollte sie wissen. »Cimex und Kleopatra?«

Dass sie den großen Caesar in seiner Gegenwart als Wanze bezeichnet hatte, ignorierte der junge Mann geflissentlich. Stattdessen führte er aus, dass sich das Grün der Hecke über das ganze Jahr hindurch halten würde, sollte man sie mit einem kleinen Bewässerungsgraben umranden.

»Und hier«, er deutete auf die vier Ecken des Gartenensembles, »würde ich vorschlagen, Lorbeer zu pflanzen, als Zeichen hoheitlicher Würde.«

»Lorbeer? Dies ist doch kein Küchengarten!«, echauffierte sie sich.

»Kirschlorbeer«, verbesserte sich der junge Gärtner. »Verzeiht mir meine Ungenauigkeit. Er verströmt einen lieblichen Duft, wenn er blüht.«

»Oh, ja«, stimmte ihm Kleopatra zu, »Kirschlorbeer kenne ich.« Sie machte eine kleine Pause und fuhr dann gedankenverloren fort: »Ich mag den Duft. Als ich ein kleines Mädchen war, da gab es Kirschlorbeer im Garten meiner …« Sie brach den Satz ab, schaute plötzlich nach oben zum

Himmel und hielt sich die Hand schützend über die Augen. Die Sonne stand schon recht hoch, die drückende Hitze des Tages kündigte sich an, auch wenn es noch gute zwei Stunden bis Mittag dauern würde.

»Wollen wir das Gespräch vielleicht im Schatten fortführen?«, fragte der junge Mann. »Dort hinten, zwischen den Oleanderbüschen, ist es etwas kühler als hier. Und sie blühen gerade so herrlich und duften wundervoll.«

Jetzt sagte ihr dieser Sklave auch noch, wohin sie gehen sollte! Unfassbar. Allerdings war ihr tatsächlich heiß und sie hätte nichts dagegen gehabt, sich im Schatten etwas auszuruhen.

»Gut, ja, setzen wir uns in den Schatten der Oleanderbüsche.«

Sie schritt voran und ließ sich, kaum war man außer Sichtweite des Hauses, einfach achtlos auf die kleine Steinbank fallen. Leise, fast schüchtern, stellte der Gärtner sich neben sie.

»Besser«, stimmte sie ihm zu.

»Soll ich Euch erläutern, was ich mir zur Brunnenanlage gedacht habe?«, fragte er.

»Nein.« Sie schüttelte energisch den Kopf. »Ich habe keine Lust mehr, über Gartengestaltung zu reden.« Sie blickte zu dem jungen Mann an ihrer Seite auf. »Setz dich!«, befahl sie ihm und als er zögerte, wiederholte sie ihre Worte: »Los, setz dich hierher.«

Gehorsam nahm er neben ihr auf der Bank Platz, die Pläne immer noch in der Hand, nicht wissend, was er damit tun sollte. Langsam drehte er sie zwischen seinen Fingern hin und her.

»Bereitet dir das eigentlich Freude?«, fragte sie ganz unvermittelt.

»Was soll mir Freude bereiten?«, fragte der junge Mann leicht verwirrt.

Die Pharaonenkönigin breitete ihre Arme aus. »Das hier«, sagte sie und ihre Geste umfasste die gesamte Anlage. »Macht es dir Freude, Gärten zu gestalten?«

»Es macht mir Freude, Schönes zu gestalten«, antwortete er leise.

»Schönheit«, flüsterte Kleopatra mehr zu sich selbst als zu ihm, »ist kein Gut, auf das sich bauen lässt.«

»Nein«, stimmte er ihr zu, »es ist ein Ziel, das zu erreichen wir uns setzen und an dem wir trotzdem immer scheitern werden.«

Zum ersten Mal betrachtete sie den Mann neben sich genauer. Ein Sklave war er, Gärtner und damit Diener seines Hauses, das jetzt ihr Haus war, ohne dass es ihr je ganz gehören würde. Caesar mochte sie lieben, aber heiraten würde er sie niemals. Also würde dieses Haus auch niemals ihr Haus werden, ebenso wenig wie die, die darin lebten, je ihr gehören sollten.

»Bist du ein treuer Diener deines Herrn?«, fragte sie.

»Ich bin sein Sklave«, sagte der Mann und spielte weiter verlegen mit den Papyrusrollen, auf die er seine Pläne skizziert hatte.

»Das bin ich auch«, sagte sie leise. »Darin sind wir uns offensichtlich ähnlich.« Der Mann lachte leise auf, was ihr nicht entging. »Was stimmt dich daran denn so heiter?«

»Meine Königin, bei allem Respekt, aber ich glaube nicht, dass Eure Situation mit der meinen vergleichbar ist. Ihr könnt gehen, wohin Ihr wollt, tun, was Ihr wollt und wann Ihr es wollt.«

Das war eine weit ehrlichere Antwort, als sie erwartet hatte. Es gefiel ihr, dass er ihr gegenüber so offen war.

»Ach, kann ich das?«, fragte Kleopatra nun im Gegenzug. »Ich musste meinen eigenen Bruder heiraten, meine Schwester verraten und lebe unendlich weit von meiner Heimat entfernt, weil Caesar es so will. Und das Schlimmste ist, dass er seinen eigenen Sohn, den ich geboren habe und der seinen Namen trägt, nicht offen anerkennt. Und das nennst du also besser?«

Für einen Augenblick herrschte Schweigen und nur das Zwitschern eines einzelnen Vogels, der noch nicht vor der fortschreitenden Mittagshitze in kühlere Bereiche des Anwesens entflogen war, war noch zu hören.

»Verzeiht«, sagte der junge Gärtner schließlich, »es stand mir nicht zu, Euch in irgendeiner Art und Weise zu kritisieren.«

»In der Tat, das stand dir nicht zu.« Kleopatra warf einen langen Blick auf das zarte Gesicht des Mannes neben ihr, der in diesem Augenblick so jung und verletzlich wirkte. Er mochte kaum acht, neun Jahre älter als Caesarion sein. Sanft fügte sie hinzu: »Es sei dir verziehen.« Dann fragte sie neugierig: »Wie kommt es nur, dass ein so junger Mann wie du schon den Garten Caesars gestalten darf?«

»Das liegt wohl daran, dass schon mein Vater der Familie als Gärtner diente. Ich habe mein Handwerk von ihm gelernt.«

»Und bist du gut darin? Ich meine, bist du so gut wie dein Vater?«, wollte sie wissen.

»Nein«, antwortete er, »besser.«

Sie nickte. »Auch dies ist eine Gemeinsamkeit zwischen uns«, stellte sie fest. »Ich bin gleichfalls besser als mein Vater, mein Bruder oder meine Schwester. Aber nimmt das irgendjemand zur Kenntnis?«

»Viele tun dies, meine Königin«, antwortete er leise.

»Viele«, wiederholte sie, »aber nicht Caesar.«

»Auch der«, sagte der junge Gärtner.

Sie machte einen Laut, als ob sie ihm nicht glauben wollte.

»Meine Königin«, führte er den Gedanken weiter aus, »man errichtet niemandem eine goldene Statue, der dessen nicht würdig ist. Ihr seid würdig, in jeder Hinsicht!«

»Hm, ach ja, das«, sagte sie. »Die Römer hassen die Statue.«

»Die Römer wissen oft nicht, was gut für sie ist«, antwortete der Gärtner. Das brachte sie schließlich zum Lachen und sie lachte laut und lange und es tat ihr wohl, sich so zu öffnen. War das nun die Hitze, die sie plötzlich ihr Inneres nach Außen kehren ließ oder doch der zarte und feinfühlige Geist ihres Begleiters?

»Wo kommt deine Familie ursprünglich her?«, wollte sie wissen.

»Wir sind aus Makedonien.«

Sie nickte. »Du hast ein freundliches Wesen, anders als mein Herr und Gebieter. Der hat so gar nichts Freundliches an sich.« Sie seufzte. »Erst vor ein paar Wochen haben wir so handfest gestritten, dass ich ihm eine Amphore vor die Füße warf und er mir dafür ...« Sie griff sich unwillkürlich an die Wange. Die Ohrfeige Caesars hatte tagelang wehgetan. Sie hatte sich in ihre Gemächer zurückziehen müssen, bis der Abdruck seiner Finger nicht mehr in ihrem Gesicht zu erkennen gewesen war.

»Ihr verdient jede Achtung und Freundlichkeit, die man einer Frau wie Euch nur erweisen kann«, sagte der junge Mann und sah sie dabei aus großen dunklen Augen an. Kleopatra betrachtete lange sein Gesicht, das von dunklen Locken umrahmt war, die freundlichen Augen mit den langen, dichten Wimpern und seine sonnenverbrannte Haut. Zu gern hätte sie ihre Hand darübergleiten lassen um zu spüren, ob sie so warm war wie der Stein der Bank, auf der sie saßen. Aber – sie hielt sich zurück. Seufzend stand sie auf, er tat es ihr gleich.

»Ich werde zurück ins Haus gehen«, sagte sie. »Es muss schon bald Mittagszeit sein.« Er senkte den Kopf, die Pläne hinter seinem Rücken haltend, und verbeugte sich tief. »Ich danke dir für das Gespräch. Deine Worte haben mir wohlgetan.«

Zu schade, dachte sie, als sie den Blick ein letztes Mal über die Gestalt des gut aussehenden jungen Gärtners gleiten ließ. So nah war sie schon lange niemandem mehr gekommen, ganz besonders nicht ... Nun, Caesar forderte regelmäßig körperliche Nähe von ihr ein, aber das hier war etwas viel, viel Intimeres.

»Leb wohl«, sagte sie leise. Dann ging sie mit schnellen Schritten zurück zur Villa, wo sie sogleich ihren Wesir kommen ließ.

»Was kann ich für Euch tun, meine Königin?«, fragte dieser.

»Ich hatte eine sehr aufschlussreiche Unterhaltung mit unserem jungen Gärtner«, sagte sie und lächelte. Es hatte gut getan, sich jemandem anzuvertrauen. Allerdings … »Ich habe dabei vielleicht ein wenig zu freizügig geplaudert. Und nun habe ich – wie soll ich es nur sagen?« Sie blickte dem Wesir direkt ins Gesicht. »Es wäre gut, wenn nichts von dem, was ich dem jungen Mann anvertraut habe, den Garten verlässt.«

»Ich habe verstanden«, sagte der Wesir, verbeugte sich tief und war auch schon wieder verschwunden.

Wirklich, zu schade, dachte Kleopatra, während sie sich fürs Mittagsmahl herrichten ließ, und sann einen kurzen Augenblick darüber nach, wie lange es wohl dauern würde, die Leiche des jungen Mannes aus dem Garten zu entfernen. Sie würde sich, nachdem die größte Mittagshitze vorüber war, gerne noch einmal unter die Oleanderbüsche setzen. Die waren einfach zu schön!

Das Interview

Er schwitzte stark, doch im See zu baden, einfach so, das kam natürlich nicht infrage. Was hätte das für ein Aufsehen erregt, wo er doch gar keine Badekleidung dabeihatte! Und ausgerechnet das war das Erste, was sie bemerkte, als er durch die Tür kam: »Guter Gott, Alfred, Sie sind ja ganz verschwitzt!« Wie unangenehm ihm das war – gerade bei ihr!

Natürlich ließ sie es sich nicht nehmen und brachte ihm als Allererstes ein Glas frisches Quellwasser, nur um ihm dann anzukündigen, was sie ihm alles beabsichtigte aufzutischen: Ochsenschwanzsuppe, ihre berühmte Omelette surprise und selbstverständlich Kuchen. Ausgerechnet an den konnte er sich hinterher nicht mehr erinnern, obwohl er sogar noch ein zweites Stück genommen hatte. War es nun Blechkuchen mit Johannisbeeren, in Österreich Ribiseln genannt, oder waren es doch Brombeeren gewesen?

»Marlene«, bat er sie, »ich kann nicht mehr, wirklich nicht!«

Da hatte sie nur eine ihrer schmalen Augenbrauen gehoben und gesagt: »Schade.«

Endlich ließ sie sich, nachdem sie eine gute halbe Stunde in Lederhosen (!) und einem karierten Hemd um ihn herumgetänzelt war und ihm allerlei Essbares vor die Nase gesetzt hatte, von dem sie erwartete, dass er es auch restlos aufaß, neben ihm auf den Stuhl fallen.

»Und? Was wollen Sie mich fragen? Schießen Sie los!«

Wo anfangen? Beim aktuellen Filmprojekt oder beim aktuellen Liebhaber? Sollte es um ihre Garderobe gehen oder doch um ihre Hollywood-Verbindungen? Er zückte seinen kleinen Block, den Stift, räusperte sich und heraus kam schließlich die banalste aller Fragen.

»Wie geht es Ihnen?«

Da lehnte sie sich zurück, schaute ihn durchdringend an, begann dann laut und effektheischend zu lachen und fragte: »Wollen Sie eine deutsche oder eine amerikanische Antwort?«

»Beide«, bat er sie.

Marlene zündete sich eine Zigarette an, nicht lasziv, wie er gehofft hatte, sondern schnell und wie ein Berliner Bierkutscher, zog zweimal daran und sagte schließlich. »Die amerikanische Antwort lautet: great!«

»Und die deutsche Antwort?«

»Ach, Alfred, fragen Sie mich doch so etwas nicht.«

Begonnen hatte es mit einem Telegramm. »Sind on vacation in St. Gilgen, Wolfgangsee. Kommen Sie doch einfach her! M. D.« Sie hatte doch tatsächlich *vacation* geschrieben statt des deutschen Wortes »Urlaub« oder gar »Sommerfrische«. Jedenfalls war das ihre Antwort auf seine schon vor Monaten gestellte Frage, ob er sie für ein längeres Porträt interviewen dürfte: ein langes Schweigen und dann ein kurzes Telegramm, dem hundert Schilling beigelegt waren, als Reisegeld. Er hatte sich sofort eine Fahrkarte gekauft.

Es ging um mehr als nur ein Porträt eines Stars an einem malerischen Urlaubsort. Es ging darum, der anderen Seite, der hinter dem Grenzbalken, zu zeigen, was sie sie mal konnten. Der Star kehrte nach Europa zurück, verweigerte aber ein Foto mit Hitler, Göring und den anderen, indem sie keinen deutschen Boden mehr betrat. Stattdessen urlaubte sie in Salzburg. Für die amerikanische Presse bedeutete das im Sommer 1937 zahlreiche gute Schnappschüsse: Marlene elegant bei den Salzburger Festspielen, Marlene in Lederhosen, Marlene im Dirndl vor großartiger Bergkulisse, hofiert und geliebt von Fans und umrahmt von ihrer Familie. Marlene, so der einhellige Tenor in der Presse, war das bessere Deutschland. Und er sollte nun seinen Teil dazu beitragen, indem er ihr Porträt schrieb, halb Auftragsarbeit, halb Arbeitsbeschaffungsmaßnahme. Er konnte nicht wählerisch sein. Es waren schwere Zeiten.

Doch wie immer, wenn es um sie ging, war man vor Überraschungen nicht gefeit. Die Unterkunft war wesentlich bescheidener ausgefallen, als er vermutet hatte. Eine Diva wie Marlene hätte er nie in einer solch profanen Umgebung vermutet, aber es schien ihr offensichtlich zu gefallen. Sie wirbelte mit Wasserwelle im Haar und die langen Beine tadellos rasiert und gebräunt sowie in Männerlederhosen gesteckt durch die Küche, die die Gäste der Pension Schweizerhaus benutzen durften und die sie binnen eines Tages annektiert hatte, und kochte groß auf. So hatte sie es am liebsten. Marlene kochte gerne ihre Gäste ein, genauso die Liebhaber und, wie man hörte, auch Liebhaberinnen. Sie selbst aß dabei wie ein Spatz, aber von allen anderen schien sie zu erwarten, dass sie die Holzfällerportionen nicht nur verkrafteten, sondern sogar zu schätzen wussten.

Rustikal war es hier: eine alte, verwitterte Fassade, Fließwasser nur in der Küche und dazu zwei Wirtsleute, über deren politische Einstellung man besser keine Mutmaßungen anstellte. So residierte also die Dietrich mit Ehemann und Tochter, dazu die Geliebte des Mannes und der Geliebte Marlenes, in Zimmern, die nichts, aber auch gar nichts gemein hatten mit dem Chic Hollywoods.

Ein neuer Anlauf. »Wie gefällt Ihnen Salzburg?« »Großartig.« »Und der Familie?« »Auch großartig.« »Warum haben Sie St. Gilgen als Erholungsort ausgesucht?« »Keine Ahnung.« Marlene rekelte sich auf ihrem Küchenstuhl und schob leicht gelangweilt die Salz- und Pfefferstreuer auf dem Tisch herum. Offensichtlich hatte sie wenig Lust dazu, sich interviewen zu lassen. Er musste sie also erst einmal in Stimmung bringen. Essen war immer ein gutes Thema. »Ihre Lieblingsspeise in Österreich?« »Nockerln.« »Welche Art von Nockerln?« »Weiß ich doch nicht!« »Kochen Sie oft selbst?« »Ja, schon.« »Für wen?« »Alle.« »Ihre kulinarische Bestleistung?« Sie lachte kurz auf. »Bier. Das koche ich hervorragend!« Er seufzte unwillkürlich. »Gehen Sie regelmäßig im See schwimmen?« »Manchmal.« »Und bereiten Sie sich gerade auf eine neue Rolle vor?« »Kann ich nicht sagen.« Klickklick machten die Salz- und Pfefferstreuer, als sie aneinanderschlugen. Er kam besser zu den spannenderen Fragen. »Wer begleitet Sie denn in diesem Jahr ins schöne Salzkammergut?« »Mein Mann natürlich und meine Tochter.« »Und sonst?« »Freunde.« Sie griff nach den unvermeidlichen Zigaretten, zündete sich noch eine an.

In diesem Augenblick ging die Tür auf und herein spazierte der wahrscheinlich schönste Mann, den er je gesehen hatte – ein amerikanischer Adonis, gleichfalls in traditionellen Lederhosen, die nicht so recht zum schmalen Oberlippenbärtchen à la Errol Flynn passen wollten. Oder hatte Errol Flynn den Bart vom ihm abgeschaut?

»Ah!«, sagte sie und ihre Augen leuchteten auf. »Darling, darf ich dir Alfred Polgar vorstellen? Er ist ein uuunglaublicher Schriftsteller! Macht ein Porträt über mich: Die große Dietrich! Lieber Alfred, das hier ist Douglas Fairbanks junior. Mein Diesjähriger.«

Er wusste, was das heißen sollte, bezweifelte aber, dass Fairbanks dies ebenso amüsant fand wie Marlene, die sich über ihren eigenen Scherz schier zerkugeln wollte. Die zwei Herren reichten einander die Hände. Man war sehr erfreut oder sagte es zumindest, der Höflichkeit halber. Polgar wollte eigentlich mit dem Interview für sein Buch weitermachen, auch und gerade weil er bislang absolut gar nichts herausgefunden hatte.

»Honey«, wandte sich Fairbanks nun an Marlene, »ich gehe schwimmen.«

»Do it!«, antwortete Marlene und winkte ihm mit ihrer Zigarette.

»Du willst nicht mit?«

»No.«

Fairbanks nickte höflich und verschwand, so schnell, wie er gekommen war, durch die Küchentür.

»Wo waren wir?«

Mit einem Mal drangen grauenvolle Laute an ihr Ohr. Es klang, als ob man in nächster Nähe ein Tier schlachtete.

»Was ist das?«, fragte Marlene und sprang von ihrem Stuhl auf.

»Ich weiß es nicht.« Sie sahen einander fragend an. Marlene rannte einfach zur Küchentür hinaus. Polgar folgte ihr. Vor dem Haus begegneten sie dem Wirt.

»Was ist denn los?«, wollte die Dietrich wissen und der Wirt informierte sie darüber, dass eine Kuh kalbte, es aber Probleme gebe. Das Kalb stecke fest, es sei aber zu spät, den Tierarzt zu holen.

»Ich komme mit!«, sagte sie, und weil man einer Dietrich nicht widersprach, ließ sie der Wirt gewähren. Polgar ging den beiden hinterher.

Ums Eck des Hauses war ein kleiner Viehstall. Der Wirt stieß die Stalltür auf und hieß sie beide eintreten. Es roch nach Kuhdung, Stroh und Heu und Polgar stieß sich im Halbdunkeln am niedrigen Türrahmen gehörig den Kopf, während sich die Dietrich mit ihren eins achtzig wie eine

Akrobatin zwischen Türschwelle und Rahmen hindurchlavierte und dann neben dem Wirt zu stehen kam, vor ihnen das brüllende Muttertier.

»Was kann ich tun?«, fragte sie.

»Haben Sie kräftige Hände?«, fragte er.

»Und ob!«

Polgar wäre fast hintenübergefallen, als er sah, wie Marlenes langer, schlanker weißer Arm neben den aus dem Mutterleib heraustretenden Hufen des Kalbes im Tier verschwand und sie damit begann, an den Läufen zu ziehen. Mit jeder Wehe brüllte die Kuh lauter, zog Marlene kräftiger und schwitze Polgar nur noch schlimmer. Am Ende fiel das Tier mit einem satten Schmatzgeräusch ins Stroh.

»Geschafft!«, rief Marlene freudig aus und der Wirt begann sogleich damit, dem Kalb die Nasenlöcher frei zu machen und es mit Stroh abzureiben.

»Gut gemacht!«, lobte er die über und über mit Blut und Schleim verschmierte Diva.

Das war der Augenblick, als sich Polgar hinter einen der Strohballen übergeben musste. Die Ochsenschwanzsuppe, das Omelette und der Kuchen, sie alle bahnten sich ihren Weg ins Freie.

»Hehe, nicht hier drinnen!«, forderte der Wirt den würgenden Gast auf, der daraufhin ins Freie stolperte, wo die Luft etwas besser war und er es schaffte, gegen den Brechreiz anzukämpfen. Als er wieder zu Sinnen gekommen war, knallte ihm eine schmale Frauenhand von hinten auf die Schulter.

»Polgar, jetzt haben Sie wenigstens etwas, worüber Sie schreiben können!« Marlene lachte laut, ging an ihm vorbei und machte sich auf, ihrem Liebhaber zum See zu folgen. Sie schien ein Bad bitter nötig zu haben.

Währenddessen legte sich der Autor für den Rest des Tages ins Bett. Die Reise, die Hitze, das Essen, die Geburt – das alles hatte seine Nerven über jedes normale Maß hinaus beansprucht. Als er am nächsten Morgen, frisch ausgeruht und bereit, das Interview fortzuführen, in die Küche kam, empfing ihn dort allerdings nur die Wirtin.

»Wo ist denn die Dietrich?«, fragte er.

»Abgereist, ganz zeitig in der Früh«, sagte sie.

»Ja, wohin denn um Gottes willen? Ich bin ja extra ihretwegen hierhergekommen!«

Die Wirtin zuckte nur mit den Schultern und widmete sich wieder einer auf dem Herd brutzelnden Eierspeise. Die Sonne über dem Wolfgangsee, obwohl hell strahlend, war verschwunden. Das Porträt, das er über die große Schauspieldiva hätte schreiben sollen – es würde vermutlich nie erscheinen.

Briefe an Cassandra

Liebe, liebste Schwester,
meine Cassandra,
dass Du zur gleichen Zeit mit einer hässlichen Sommergrippe daniederlagst wie ich, kann ich nur Deiner allzu großen schwesterlichen Liebe zu mir anrechnen. So wirst Du Dich vielleicht freuen zu hören, dass ich schon wieder beinahe genesen bin. Möge auch Dich dieses Schicksal ereilen!

Weil Du fragtest: Nein, ich habe die Söhne des Hauses Dashwood noch nicht in Augenschein nehmen können, wohl aber den Vater und der ist wenig vielversprechend, denn er ist noch keine vierzig. Das Alter der sieben Herren lässt sich demnach auf zwischen zwölf und einem Jahr eingrenzen und damit sind alle Heiratschancen gleichwohl dahin. Eine Mutter haben die sieben ebenfalls nicht, was bedeutet, dass mir gleichfalls eine nachbarliche Freundschaft und Gelegenheit zur nachmittäglichen Plauderei entgeht und das nehme ich dem armen Witwer sehr übel, auch wenn er wohl wenig dafür kann. Es sei denn, er hätte seine Frau im Schlaf erwürgt. Oh, welch Gesprächsstoff gäbe das?!

Morgen werden wir uns wohl zum ersten Flanie-

ren in der Trinkhalle einfinden. Ich versuche, so viel Tratsch und Klatsch wie möglich für Dich aufzutreiben, in meinem Kopf zu notieren, den Schatz heimzutragen und dann geschwind zu Papier zu bringen, auf dass er Dir köstlichste Unterhaltung bringe!

In inniger Liebe,

Jane

Die Schiffspassage

Das Ale war warm, natürlich. Wenigstens hier, so nah am Wasser, hätte man doch erwarten können, dass sie es schafften, das Zeug zu kühlen. Aber nein, es hatte das Aussehen, die Temperatur und den Geruch von abgestandenem Urin.

Der Schweiß perlte ihm auf der Stirn, es war ein ungewöhnlich heißer erster Juni und in der Hafenkneipe stand die Luft, sodass er den Dunst der anderen Kneipenbesucher einatmen musste – ein wahrhaft infernalisches Aerosolgebräu aus allen möglichen Öffnungen ungewaschener Körper. Er befand sich in denkbar schlechter Gesellschaft.

Passend dazu war er missmutig und voller Zorn auf die Welt. Man verstand ihn nicht, hatte ihn nie verstanden und würde ihn auch nie verstehen. Hätte er nur den Mut fassen können, sich umzubringen, er hätte es getan. Dummerweise war er kein mutiger Mann. Entsprechend trat er, von niemandem verabschiedet oder gar vermisst, still seine Reise an.

Frankreich sollte es sein und dann, falls alles gut ginge und das Geld reichte, weiter nach Italien. Vorerst wäre er aber glücklich gewesen, wenn er nur einen Fuß an die frische Luft hätte setzen können, doch die Angst saß ihm im Nacken und da hockte sie und drehte seinen Kopf hin und her, sodass er aufmerksam um sich schaute, ob ihn auch ja niemand beobachtete. Er wollte um keinen Preis der Welt erkannt werden.

Was er zurückzulassen beabsichtigte, war weniger als nichts: ein paar Schulden, ein Weib, drei Kinder. England konnte ihm gleichgültig sein. Nicht ganz so gleichgültig war ihm sein Ruf. Mit Königsdramen war kein Staat zu machen. Burbage hatte ihm erst vorgestern einen Vorschuss ausgeschlagen, mit den Händen herumgefuchtelt und immerzu »Italien! Italien, William!« gesagt. Als ob es so einfach wäre, ein italienisches Drama zu schreiben! Zumal er ja noch nie in Italien gewesen war. Seine Hand wanderte unwillkürlich an die Stelle seines Rockes, wo er eine Holzplakette eingesteckt hatte, die ihm als Fahrschein dienen sollte. Daneben trug er seinen kleinen Geldbeutel, mit nahezu allem, was er an Barschaft besaß. Die würde ihn problemlos über den Kanal bringen und mit gut Glück vielleicht sogar bis Paris. Aber dann? Italien würde er vermutlich nie sehen.

Er seufzte und seine Hand wanderte zu seinem Krug. Er setzte an, ließ dann aber das Getränk angewidert sinken. Noch eine Stunde, bis sein Schiff endlich von Dover nach Calais auslaufen würde.

»Will, du trinkst doch nicht etwa diese Pisse in Krügen, die sie hier quasi direkt aus dem Meer abfüllen, um zu behaupten, es sei Ale?«

Er zuckte zusammen. Man hatte ihn erkannt.

»Kit?«

Ungläubig starrte er den Mann an, der sich leise neben ihn gestellt hatte und dessen Hand nun auf seiner Schulter ruhte.

»Ich dachte … Ihr seid nicht …?«

»Tot?« Marlowe wirkte äußerst amüsiert. »Oh doch, ich bin tot. Messer ins Auge bekommen. Ganz üble Geschichte.«

Lag es am Ale? Will konnte sich beim besten Willen nicht erklären, was hier vor sich ging.

»Nun schaut nicht wie ein dummes Schaf, William Shakespeare«, empfahl ihm Marlowe. »Bestellt uns lieber etwas Anständiges zu trinken. Ich bezahle, selbstverständlich.«

Will hob wie in Trance seinen Arm und gab dem Mann am Tresen zu verstehen, dass er zwei Sherry Sack haben wollte.

»Gibt's nur bei Bezahlung im Voraus«, brummte der Wirt.

Marlowe griff in seinen Rock, zog ein paar Münzen heraus und warf sie achtlos auf die Theke. Wenig später knallte man ihnen zwei Becher mit etwas hin, das entfernt an Sherry erinnerte.

»Auf was trinken wir?«, fragte Marlowe gut gelaunt.

»Auf das Leben?«, schlug Will vor.

»Auf den Tod!«, sagte Marlowe lachend und trank seinen Becher in einem Zug leer. Er wirkte alles in allem sehr aufgeräumt.

»Fragt schon!«, forderte er sein Gegenüber auf.

William nahm einen kleinen Schluck des Sherrys, holte danach tief Luft und sagte: »Warum seid Ihr nicht tot, Kit?«

Marlowe lehnte sich weit zu ihm herüber und antwortete: »Leichenfledderei!«

»Wie bitte?« Er war verwirrt.

»Ihr seid doch ein Mann von Verstand und Vorstellungskraft, Will Shakespeare! Wenn ich sage Leichenfledderei, dann erfindet doch bitte eine Geschichte dazu.«

»Wieso sollte ich?«, fragte Shakespeare. »Es ist doch schließlich Eure Geschichte!«

»Ha!« Marlowe wirkte höchst zufrieden mit sich. »Genau das ist der Grund, warum ich hier mit Euch stehe. Ich habe Euch ein Geschäft vorzuschlagen. Was haltet Ihr davon, Shakespeare, wenn wir meine Geschichte zu der Euren machen?«

In Will flammte Panik auf. »Ihr wollt mich ermorden lassen?«

Marlowe schlug sich mit der flachen Hand an die Stirn. »Dummkopf! Natürlich nicht. Ich will Euch als Alias benutzen. Schließlich muss ich von irgendetwas leben, wenn ich erst einmal in Italien bin.«

»Italien«, sagte Will seufzend, »dahin will auch ich.«

»Aber?«, fragte Marlowe.

»Meine Ressourcen sind etwas knapp bemessen«, gab Will zu. Dann hatte er eine Eingebung. »Könntet Ihr mir nicht etwas leihen? Ich zahle es Euch zurück, wenn mein nächstes Stück …«

»Einem toten Mann greift man nicht in die Taschen, William«, schalt ihn Marlowe. »Ich brauche jeden Penny. Immerhin muss ich eine Weile untertauchen, womöglich sogar für immer. Und da kommt mir jede Einnahmequelle recht. Und so eine Quelle steht gerade vor mir.« Er grinste ihn an. »Ganz ehrlich, auf dem Weg hierher war ich voller Sorge, wie ich wohl meinen Lebensabend, möge er lang und glücklich sein, bestreiten soll, und da lauft ausgerechnet Ihr mir vor die Füße!«

»Ich laufe nicht, ich stehe«, gab Will zu bedenken.

»Pferdescheiße! Lasst mich Euch aus der Fremde meine Stücke senden und Ihr veröffentlicht sie unter Eurem Namen. Dann teilen wir den Gewinn.«

Das war also der Plan. Er sollte seinen Namen hergeben, damit ein anderer das Leben führen konnte, das er sich selbst so sehnlichst wünschte.

»Nein!«, sagte er und klang dabei durchaus entrüstet. »Auf keinen Fall mache ich bei einer solchen Scharade mit, Kit Marlowe! Ich bin ein sehr gefragter Schauspieler und außerdem werde ich selbst ein großer Autor und verdiene mein eigenes Geld und ernte Ruhm und Reichtum!«

Noch in demselben Moment, da er es aussprach, kam ihm sein Plan lächerlich vor. Seinem »Venus und Adonis« war kein großer Erfolg beschieden gewesen und bei den Lord Chamberlain's Men konnte man ihn jederzeit problemlos ersetzen. Akzeptable Schauspieler gab es wie Sand am Meer.

»Will«, stellte nun auch Marlowe klar, »im Ernst, wir brauchen einander. Ihr braucht ein Auskommen, das Euch vom Dasein eines mittelprächtigen Schauspielers erlöst und Euch ermöglicht, Eure Schreibkunst zu vervollkommnen, ich brauche einen Autor, der talentiert und halbwegs bei Verstand ist und dem man meine Stücke zutrauen würde. Wisst Ihr, nicht jeder kann ein Marlowe sein!«

»Dann haltet Ihr mich also für talentiert?«, rutschte es Shakespeare heraus.

»Gewiss«, gab Marlowe zu, »aber Ihr braucht Übung und müsst Euren Geist erweitern. Das braucht Zeit. Mit einer Gewinnbeteiligung an meinen Stücken könntet Ihr Euch diese Zeit verschaffen.«

Das klang einleuchtend. Allerdings …

»Ich reise aber nach Italien!«, gab William zu bedenken. »Da vervollkommnet sich mein Geist quasi von selbst!«

Marlowe sah ihn belustigt von der Seite an. »Wirklich, Will? Ist dem so?«

Da begriff er, dass Marlowe recht hatte. Was für eine lächerliche Vorstellung, vor Anne, den Kindern und seinem erbärmlichen Dasein in England entfliehen zu wollen! Ohne Geld, ohne Verbindungen, ohne Fürsprecher. Er würde vermutlich auf dem Weg dorthin verhungern und elendig am Wegesrand sterben müssen. Seine letzten Gedanken würden sein: Hier liegt William Shakespeare, der Mann der so gerne ein großer Dichter geworden wäre, im Staub einer sonnenbeschienenen italienischen, möglicherweise sogar altrömischen, in jedem Fall aber malerischen Straße! Ein Schauder durchlief ihn.

»Einverstanden«, sagte er schließlich und reichte Marlowe die Hand.

»Abgemacht!«, entgegnete dieser strahlend. »Wann ginge Euer Schiff?«

Will griff in seine Rocktasche, zog die Holzplakette heraus und überreichte sie Marlowe. »In gut einer halben Stunde. Das Schiff heißt ›Bianca‹. Ihr könnt meinen Platz einnehmen«, bot ihm Will großzügig an.

»Bianca«, Marlowe lächelte ihm verschmitzt zu, »ein guter Name.«

»Was für eine glückliche Fügung, dass wir zwei uns hier in Dover getroffen haben, nicht wahr?«, sagte William.

»Macht es gut, alter Freund!« Marlowe nickte ihm noch einmal zu und wollte schon gehen, als er sich noch einmal zu ihm umwandte. »Italien, William«, sagte er leise und tippte ihm dabei mit dem Finger an die Stirn, »ist hier drinnen. Und hier!« Er ließ seine Hand auf Williams Brust sinken. »Und vielleicht ein bisschen hier!« Er griff ihm lachend an sein Gemächt, ließ aber schnell wieder los, als Will erschrocken zusammenzuckte. »Passt auf Euch auf, alter Freund.« Im nächsten Augenblick war er schon aus der billigen Hafenkneipe und damit aus Wills Blickfeld verschwunden.

In der Tat, eine glückliche Fügung, stellte Will fest. Überaus glücklich. Wäre dies ein Theaterstück, man hätte ihm glatt vorwerfen können, dass dieses Zusammentreffen etwas konstruiert daherkam. Ein toter Dichter auf der Flucht begegnet seinem Konkurrenten zufällig in einer Hafenkneipe, wo sie die Rollen tauschen. Langsam dämmerte es William, dass hier etwas nicht mit rechten Dingen zuging.

»Kit?« Er rannte aus der Kneipe hinaus in die grelle Junisonne. Wo war er nur hinverschwunden? Will begann auf und ab zu laufen, konnte Marlowe aber nirgendwo entdecken. Schließlich lief er zum Hafen hinunter, wo er sich nach der »Bianca« durchfragte. Das kleine Schiff lag abfahrbereit am Ende des Kais.

»Kit?«, rief er laut. Und noch einmal: »Kit!«

Er konnte ihn nicht entdecken. Schließlich sprang er aufs Schiff und sprach dort den Kapitän an, der gerade seine Matrosen anwies, zwei letzte Fässer an Bord zu hieven. »Ist Kit Mar… ist William Shakespeare schon an Bord gegangen?«

»Wer?«, fragte der Kapitän. »Nie gehört. Wir sind voll. Da reist heute keiner mehr mit. Ich hab eine ganze verdammte französische Handelsdelegation bei mir an Bord.«

»Aber ein Mann fehlt doch noch!«, stellte Will fest. Er griff an die Rocktasche, worin zuvor noch das kleine, runde Holzstück gelegen hatte, das ihm seine Überfahrt auf den Kontinent garantieren sollte und das er Marlowe gegeben hatte. Mit vor Aufregung zitternden Fingern strich er über den Stoff seines Rockes. Da zeichnete sich deutlich das runde Holz darunter ab.

»Kann schon sein, aber außer den Franzosen ist keiner an Bord gegangen. Und die Flut wartet auf niemanden. Wenn Ihr mich also entschuldigt?«

Will zögerte. »Ihr seid sicher, dass niemand sonst bei Euch an Bord ist? Kein junger, gut aussehender Dichter aus London?«

Der Kapitän sah ihn an, als hätte er den Verstand verloren. Schließlich brummte er: »Ganz bestimmt nicht.«

Will dankte ihm, zögerte kurz und ging schließlich von Bord. Er wartete sicherheitshalber am Kai, bis das Schiff abgelegt hatte. Die Sonne stand jetzt ganz hoch und brannte heiß herunter. Er begann zu schwitzen. Von Marlowe war keine Spur zu sehen.

Da schlug von weit her eine Kirchenuhr die Mittagsstunde an. Will griff in die Rocktasche und zog das runde Holz hervor. Leise, ganz leise begann er, den Blick aufs Wasser geheftet, zu zitieren: »Es schlägt, es schlägt! Nun, Leib, zerfließ' in Luft/ Sonst trägt dich flugs zur Hölle Luzifer!/ O Seele, schmilz zu kleinen Wassertropfen,/ Fall' in den Ozean, dass dich keiner finde!« Er schnipste das runde Hölzchen ins dunkle Wasser. »Macht es gut, alter Freund!«, flüsterte er. Schließlich wandte er sich um und ging davon, den Weg hinauf zur Stadt, wo er hoffte, noch heute eine Fahrt zurück nach London zu ergattern.

Das Boot

Die »Don Juan« lag gut im Wind. Sie hatten heute großes Glück mit dem Wetter und in Gedanken gratulierte er sich selbst zu der Idee, an diesem Tag in See zu stechen. Fröhlich zog er das Segel stramm, knotete es fest und ließ sich dann zwischen dem Bootsmann und Edward nieder. Sanft glitt seine Hand über die Reling und seine Fingerspitzen berührten die Wasseroberfläche, gleich einem Delfin, der elegant durchs Wasser schnitt.

Edward war sofort Feuer und Flamme gewesen, als er ihn fragte, ob sie nicht gemeinsam nach Livorno segeln wollten, und Charles Davies, ihr Skipper, hatte nach kurzem Zögern gleichfalls zugesagt. Dieser erste Julitag schien einfach zu perfekt, um ihn ungenutzt verstreichen zu lassen. Außerdem ging ihm das Gejammer von Mary furchtbar auf die Nerven und die Kleinen waren ihm lästig. Lieber war er hier, mit seinen Freunden, auf dem Wasser.

Von ihrem Aufenthalt an der Adria hatten sie sich viel Sonne und etwas Erholung erhofft, aber mit Kindern zu reisen war einfach … nun, es war keine Erholung. Ab und an musste er da raus und ein kleines Abenteuer erleben. Das gestrige Abenteuer hieß …? Er hatte glatt ihren Namen vergessen! Sie war nicht unbedingt eine klassische Schönheit gewesen, aber der Abend hatte die Zerstreuung gebracht, die er so sehr gebraucht hatte. Ein kurzer Sommerflirt, einer von vielen und ohne jede Bedeutung. Und nun war er einfach nur froh, auf dem Wasser zu sein, das alle Sorgen fortspülte und dessen Schimmer einem das Gefühl gab, man gleite durch flüssiges Gold.

Die Sonne kroch gerade hinter ein paar großen Wolken hervor. Es war angenehm warm und der Wind frischte jetzt auf, sodass sie gut vorankamen. Er schaute zu Edward hinüber.

»Wein?«, fragte er.

»Aber gerne«, antwortete dieser, und er zog grinsend eine Flasche Roten und zwei Gläser aus einem mitgebrachten Korb. Allerdings fand sich nirgendwo ein Korkenzieher.

»Herrgott, Percy, wer bringt denn Wein mit an Bord und vergisst den Korkenzieher? Das ist ja geradezu so, als würde man mitten in der Wüste verdursten, weil man die Kordel für den Brunneneimer vergessen hat!«

»Keine Sorge«, sagte er, holte aus und ließ den Hals der Weinflasche mit voller Wucht auf die

Reling knallen. Tatsächlich zersprang dabei nicht die ganze Flasche, sondern es brach nur der Hals weg. »Auf die See und den Wind!«

»Und auf seine azurblaue Schwester!«, fiel Edward mit ein und hielt seinem Freund die Gläser hin, auf dass er den Wein aus der abgeschlagenen Flasche hineingießen könne.

»Gut gesprochen, Freund!« Und dann, Glas und Flasche in die Höhe streckend, zitierte er: »O hebe mich wie eine Woge, ein Blatt, eine Wolke auf! Ich falle auf den Dornen des Lebens! Ich blute!«

»Auf den Dichter!«, rief ihm Edward zu.

»Nein, verdammt, ich blute wirklich!«, stellte Percy mit blassem Gesicht fest, während ihm ein Rinnsaal des eigenen Blutes über die Hand lief, bis es sich im Aufschlag des Ärmels sammelte und diesen tiefrot färbte.

»Percy!«, rief Edward erschrocken aus. »Du hast dich ja verletzt!«

»Halb so schlimm«, befand er, »aber ich fürchte, ich habe den Wein nun durch meinen eigenen Lebenssaft angereichert. Blut zu Wein, also.«

Dann beugte er sich vor und fing an zu lachen, erst leise, dann lauter und schließlich steigerte er sich bis zur Hysterie.

»Setz dich«, bat ihn sein Freund, der ihn an den Schultern nach unten drückte, sodass Shelley auf einem Tau zu sitzen kam, die blutende Hand in die Höhe haltend, während Edward sein Halstuch löste und es im Anschluss um Shelleys Hand wickelte. Mit einem festen Knoten zog er das Tuch zu und stoppte so die Blutung.

»Verdammt«, sagte Shelley, »ich hab das Holz ruiniert.«

Auf den Planken neben ihm konnte man sehen, wie sich Blutstropfen in das Holz hineinsogen und es dunkel färbten. Shelley lehnte den Kopf an den Mast und starrte in die Höhe.

»Wusstest du«, sagte er zu Edward, »dass dieser Mast höher ist als der von Byron?«

Dieser begann darauf zu lachen.

»Nein, nein, es stimmt«, fuhr Shelley fort. »Ich hab einen gigantischen Baum, während Byron mit seinem Stängelchen versucht, die Welt zu beeindrucken. Besonders die Damenwelt.«

Edward ließ sich lachend zu Shelley herab. »Du bist der Größere«, stellte nun auch Edward fest, »und du hast sogar zwei von den Dingern, also bist du doppelt so männlich wie Byron!« Woraufhin beide kicherten wie kleine Schuljungen, die etwas besonders Ungehöriges gesagt hatten, das der Lehrer nur ja nicht hören durfte. Schnell waren die Gläser geleert und erneut gefüllt.

»Ich liebe ihn ja wie meinen Bruder«, fuhr Percy

fort, »aber das mit dem größeren Mast musste einfach sein.«

»Verstehe«, sagte Edward und wollte gerade eine weitere anzügliche Bemerkung über die Größe von Byrons bestem Stück machen, als sie einen kurzen Pfiff vernahmen. Ihr Skipper wollte sie offenbar auf etwas aufmerksam machen.

»Was gibt es denn, Charles?«, fragte Edward.

Der Angesprochene wies zum Bug hin und machte ein etwas besorgtes Gesicht. »Da kommt was«, sagte er.

»Was soll denn da schon kommen?«, fragte Percy und stupste Edward mit dem Ellenbogen in die Rippen, der daraufhin zu feixen begann und eine unanständige Geste andeutete.

»Ein Sturm«, sagte der Skipper, »und zwar kein kleiner.«

»Ach was, du siehst nur wieder alles schwarz, jetzt, wo uns das schönste Sonnenlicht den Weg erhellt und wir … Oh, verdammte Scheiße!«

Shelley hatte sich aufgerichtet, hielt sich mit der gesunden Hand am Baum fest und starrte nun in die Richtung, in die Charles mit einem Kopfnicken gedeutet hatte. Dort vor Livorno zogen sich große Wolken zusammen und türmten sich zu Schlössern auf, in denen niemand anderes wohnte als das Unheil selbst.

»Können wir drum herum segeln?«, fragte er, plötzlich stocknüchtern.

»Nein, zu groß«, stellte ihr Skipper klar.

»Dann sollten wir schnellstmöglich einen Hafen anlaufen!«, schlug Edward vor.

»Ich fürchte, dafür könnte es zu spät sein«, sagte Charles, die Pinne fest zwischen den Oberschenkeln eingeklemmt.

Allen dreien wurde klar, was das bedeutete: Sie würden durch den Sturm hindurchsegeln müssen – ein ziemlich gefährliches Unterfangen.

»Mein Boot heißt nicht umsonst ›Don Juan‹«, sagte Percy und versuchte, zuversichtlich zu klingen, »wir werden dem Sturm begegnen, wie es ihm gebührt: mit Schneid und Übermut! Und werden obsiegen!«

»Oder zur Hölle fahren«, murmelte Edward leise vor sich hin.

Sie begannen damit, lose Dinge an Deck festzuzurren: Eimer, Taue, sogar den Picknickkorb. Doch nur Augenblicke später merkten sie, dass sie in der falschen Reihenfolge vorgegangen waren, denn der Wind wurde plötzlich so stark, dass es zu spät war, die Segel einzuholen. Statt dem Unwetter möglichst wenig Angriffsfläche zu bieten, schnitten sie nun mit vollen Segeln durch die Wellen. Die Sonne hatte sich verzogen, der Sturm kam rasend schnell näher. Das Boot war kaum noch steuerbar, die Pinne bald nicht mehr zu halten. Der Skipper versuchte noch, sie festzuzurren, doch vergebens: Am Ende war der Druck so groß, dass das Ruder brach und sie manövrierunfähig auf den Wellen trieben.

Regen peitschte mit einem Mal über das Wasser und binnen eines Möwenflügelschlags war ihr Gewand vollkommen durchnässt. Percy wischte sich die Tropfen aus dem Gesicht und schaute nach oben. Vom Mast über ihm ging ein Ächzen aus, so als stemmte sich das Holz mit aller Kraft gegen Wind und Wasser. Die Wellen wurden immer höher, sie hatten enorme Schlagseite, das Boot drohte zu kentern.

»Wir müssen es aufgeben«, schrie Edward gegen den Wind an.

»Was meinst du damit?«, rief Percy.

Edward deutete auf das kleine Dingi, das hinten am Boot hing und das jetzt wild auf dem Wasser tanzte.

»Ist das dein Ernst?«, rief Percy. »Du willst, dass wir in diese Nussschale wechseln?«

»Diese Nussschale ist vielleicht unsere einzige Chance!«, brüllte Edward gegen den Wind an.

Percy zögerte. Während Charles und Edward schon nach dem Tau griffen, um das Dingi heranzuziehen, suchte er seinen Gehrock, nicht etwa um sich in der misslichen Lage, in der sie sich nun befanden, warm zu halten, sondern weil dort in der Brusttasche des Rocks ein Büchlein von Keats steckte. Wenn sie einer aus dieser misslichen Lage noch erretten konnte, dann war es Keats! Er glaubte nicht an Gott, er glaubte vielleicht nicht einmal an die Liebe – aber er glaubte an die Kraft der Poesie!

»Komm schon, Percy!«, schrie Edward. Das Dingi machte Probleme, das Tau war zu rutschig, immer wieder entglitt ihnen das rettende Bötchen durch die sich auftürmenden Wellen.

Percy sah auf seine klobigen Schuhe. Sollte er schwimmen müssen, würden ihn seine Stiefel sicher nach unten ziehen. Mit klammen Fingern begann er, einem Impuls folgend, seine Schnürsenkel zu lösen, als ihm plötzlich der Name des Mädchens von gestern Abend wieder einfiel: Angelica. Wie seltsam, dass ihm dieser Name jetzt in den Sinn kam! Er klang wie ein letzter Gruß ans Leben, etwas, das ihn mit halben Schwingen gestreift und nun im Begriff war, in eine bessere Welt mitzunehmen, ein Engel des Abschieds.

In genau diesem Moment brachte eine große Welle das Boot zum Kentern. Er sah noch, wie Charles und Edward gleichzeitig von Bord sprangen, bevor ihn, schon ins Wasser geworfen, der Baum im Rücken traf und sich über ihm das Segel ausbreitete wie ein Leichentuch, noch bevor die See seine Lungen füllte und ihn eine tiefe Dunkelheit umfing.

Sein erster Fall

Der Aufstieg war anstrengend, aber lohnend gewesen. Mit jedem Höhenmeter, den er erklomm, wuchs das Gefühl, den Alltag hinter sich zu lassen. Diesen Sommer, so hatte er es sich geschworen, brauchte er Abstand von den Hysterikerinnen und Neurotikern dieser Welt. Man lief ja sonst Gefahr, selbst einer zu werden.

Kaum hatte er das letzte Stück des Törlwegs erreicht, bot sich ihm schon ein unvergleichlicher Anblick. Kehre für Kehre war er seinem Ziel näher gekommen, bis es schließlich nach knapp dreieinhalb Stunden Wanderung in Sicht kam und nun stand er direkt davor. Die neue Schutzhütte war in der Tat ein Juwel!

»Willkommen im Ottohaus«, begrüßte ihn die Wirtin freundlich, als er eintrat. »Ein herrlicher Tag heute, gell? So richtig was für unsere Sommerfrischler! Wollen Sie sich vielleicht gleich hier in unser Gästebuch eintragen?«

»Freilich, gerne«, hatte er geantwortet und seinen Titel und dann den Namen hineingesetzt.

»Was darf man bringen?«, fragte die Wirtin und er orderte Knödel mit Kraut und dazu ein Seiterl.

So gestärkt und durch die Wanderung bei schönem Wetter mit einer sagenhaften Aussicht belohnt, nahm er alsbald nah der Terrasse Platz und genoss rauchend die Fernsicht. Wien war weit weg.

Da trat mit einem Mal die junge Bedienung, ein Mäderl kaum älter als achtzehn Jahre, an ihn heran.

»Ist der Herr ein Doktor?«

Aus der Traum. Wie aus einer Trance erwacht blickte er zu der jungen Bedienung auf und kam erst nach einigen Sekunden zur Besinnung.

»Ja, ich bin ein Doktor. Woher wissen Sie das?«

»Der Herr hat sich ja ins Fremdenbuch eingeschrieben und da hab ich mir gedacht, wenn der Herr Doktor jetzt ein bisschen Zeit hätte …«

»Ich bin aber nicht so eine Art von Doktor«, antwortete er mit Nachdruck. »Wenn du ein körperliches Leiden hast, dann solltest du zu eurem Dorfarzt …«

»Nein, das ist es nicht. Ich bin nämlich nervenleidend.«

Na bravo! Da war er aus Wien geflohen, um endlich hier, in der völligen Einschicht, zur Ruhe zu kommen, und nun fanden die Neurotiker dieser Welt ihn doch.

»Warst du denn schon einmal in Behandlung?«

»Ja, in Linz, hat aber nicht geholfen.«

Linz! Da schnaubte er unwillkürlich. Natürlich

hatte man ihr in Linz nicht helfen können! In der Provinz war noch nie jemandem geholfen worden.

»Woran leidest du denn?«

Er deutete dem Mäderl, sich zu ihm zu setzen. Schüchtern nahm sie ihm gegenüber Platz.

»Ich hab so Atemnot; nicht immer, aber manchmal packt's mich so, dass ich glaube, ich erstick.«

Er nickte verständig. Das waren keine ungewöhnlichen Symptome.

»Wie heißt du denn eigentlich?«, wollte er von ihr wissen.

»Aurelia.« Das Mäderl hatte die Augen gesenkt. Es war ihr offensichtlich unangenehm, sich dem Herrn Doktor aus Wien anzuvertrauen, aber der Leidensdruck war wohl so groß, dass sie den Schritt, ihn anzusprechen, dennoch gewagt hatte.

»Und wie ist das mit der Atemnot? Beschreib es mir!«

Aurelia schilderte ihm ausführlich alle Symptome eines Angstanfalls: Druck auf Augen und Brust, rasende Kopfschmerzen und ein Erstickungsgefühl, wenn es ihr scheinbar den Hals zuschnürte. Auch das verwunderte ihn nicht weiter, wenn er auch nicht erwartet hatte, hier, auf bald sechzehnhundertfünfzig Metern Höhe, einem Menschen zu begegnen, der in seiner Hilflosigkeit den feinen Damen der Wiener Gesellschaft in irgendeiner Art und

Weise ähnelte. Dann aber hörte er sie den einen Satz sagen, der sein aufrichtiges Interesse weckte.

»Ich trau mich nirgends hin, ich glaub immer, es steht jemand hinter mir und packt mich plötzlich an.«

Ein klassisches Anzeichen von Hysterie. Er fragte weiter: »Denkst du immer dasselbe oder siehst du was vor dir, wenn du den Anfall hast?«

»Ja, so ein grausliches Gesicht seh ich immer dabei, das mich so schrecklich anschaut, vor dem fürcht ich mich dann.«

»Erkennst du das Gesicht? Hast du es schon einmal in der Wirklichkeit gesehen?«

»Nein.«

Er seufzte. Natürlich hätte er sie an einen Kollegen verweisen können, der ihr ziemlich sicher nicht weiterhelfen würde können. Das konnten die Kollegen nie. Er konnte sie wegschicken und in Ruhe die Aussicht genießen, sein Bier austrinken und wieder hinabwandern, oder er biss in den sauren Apfel und nahm sich des Mäderls an. Und wie sie so dasaß, verstockt und gleichzeitig so verletzlich und hilfsbedürftig, hatte er seine Entscheidung schon getroffen. Außerdem war dies ein guter Moment, um seine neue Methode auszuprobieren, denn mit Hypnose kam er hier nicht weiter. So etwas in dieser Umgebung durchzuführen, war sicher keine gute Idee. Und dass ein so einfaches Geschöpf in dieser herrlichen Natur Anzeichen von Hysterie zeigte, das war in der Tat ziemlich ungewöhnlich. Also fragte er weiter.

»Seit wann hast du diese Anfälle?«

Ausführlich schilderte sie ihm, wann das alles angefangen hatte, nämlich vor rund zwei Jahren, als sie noch im Haus mit Vater und Mutter, Geschwistern und Cousine gelebt hatte.

»Aber dann war das mit dem Vater und der Franziska.«

Da horchte er auf. »Wer ist Franziska?«

»Meine Cousine«, berichtete Aurelia, und ausgerechnet mit der habe sie den Vater erwischt, wie er auf ihr gelegen sei. Das habe sie der Mutter zuerst gar nicht erzählt, weil sie ja auch gar nicht gewusst habe, was da geschehen war, aber dann habe sie es ihr doch gesagt und da habe es dann viel böses Blut gegeben, und als die Franziska schwanger geworden sei, habe die Mutter die Kinder genommen und den Vater verlassen. Dann waren sie hier herauf zum Ottohaus gekommen.

»Als du den Vater mit deiner Cousine gesehen hast«, fragte er nach, »was hast du da empfunden?«

»Geekelt hab ich mich«, gestand Aurelia. Und begann dann, scheinbar unzusammenhängend, eine frühere Episode zu erzählen, in der der Vater ihr im Alter von vierzehn Jahren nachgestellt hatte und sich auch zu ihr gelegt hatte, worauf sie aber aus dem Bett gesprungen sei und er, weil zu betrunken, dann von ihr abgelassen habe.

»Das hatte ich ganz vergessen«, gestand sie.

Er nickte verständnisvoll.

»Was von seinem Körper hast du denn gespürt, als er bei dir lag, Aurelia?«, fragte er ganz sachlich und fast wie nebenbei.

»Das kann ich nicht sagen«, sprach sie ganz leise, sodass er es kaum hören konnte, und lief rot an vor Scham. Das war schon alles, was er wissen musste.

»Dieses Gesicht, Aurelia, das du vor dir siehst, wenn dich die Atemnot packt, erkennst du es jetzt?«

»Ja, freilich!«, rief das Mäderl erstaunt aus. »Das ist der Kopf vom Vati, wie er mich ganz bös anschaut in seiner Wut, weil ich es der Mama erzählt hab!«

Der Herr Doktor nickte wieder und betrachtete noch einmal die schöne Aussicht. Die Luft hier oben war klar und rein. Man musste sich kaum bemühen, sie einzuatmen, sie kroch ganz von selbst in die Lunge und belebte Körper und Geist. Schweren Herzens erhob er sich von seinem Stuhl.

»Ich werde mich jetzt wieder auf den Weg hinunter machen, Aurelia«, sagte er freundlich. »Ich hoffe, ich konnte dir helfen und deine Angstzustände kehren nicht zurück.«

Er war schon im Gehen begriffen, als das Mäderl aufstand und ihn am Ärmel festhielt. »Ja, aber der Herr Doktor hat mir ja gar nicht geholfen!«, protestierte sie. »Wir haben ja nur geredet!«

»Ja, genau. Ich rede mit meinen Patienten und dann geht es ihnen besser«, klärte er sie über seine Art der Behandlung auf.

»Aber mir geht es ja noch gar nicht besser!«, rief sie aus, vollkommen die Tatsache ignorierend, dass sie beide nicht allein waren und die anderen Gäste sie hören konnten. »Jetzt muss ich immer an den Vati denken! Das ist so grauslig!« Es schüttelte sie regelrecht.

»Aurelia, beruhige dich«, bat er sie leise, hoffend, dass sie niemand bemerkt hatte, aber es half nichts. Das Mäderl redete sich in Rage.

»Und was soll ich jetzt der Mutti sagen? Ich hab so eine Atemnot, weil der Vati zu mir ins Bett gestiegen ist? Die wird auch nur sagen, dass ich das für mich behalten soll, weil's die Leut' nicht hören dürfen.«

»Aurelia, das liegt außerhalb meines Einflussbereichs, dass du und deine Mutter …«

»Weil dann bin ich immer nur die, mit der der Vater …! Und alle schauen mich an, als ob ich schmutzig wäre. Und ich bin die, die Schand' gebracht hat über uns alle und …«

Sie begann zu schluchzen. Tränen rannen über ihr breites Gesicht und es schüttelte sie, dass sie sich kaum auf dem Stuhl halten konnte.

Mit einem Mal erschien die Wirtin in der Tür.

»Was machen S' denn da mit meiner Tochter? Das Mäderl ist ja ganz außer sich. Gehn S' bitte, Herr Doktor Freud, das kann ich jetzt gar nicht brauchen. Wir bekommen gleich eine große Wanderpartie ins Haus, fünfzehn Mann haben sich angekündigt, da brauch ich jede Hand! Bittschön, tun S' mir die Aurelia nicht so verschrecken.«

Schützend legte sie den Arm um ihre zitternde Tochter und führte sie mit sanftem Druck fort vom Tisch und wieder ins Innere des Hauses, begleitet von einigen irritierten Blicken der anderen Gäste.

Der Doktor stand wie vom Donner gerührt da und wusste sich nicht anders zu helfen, als still Wanderstock und Jopperl an sich zu nehmen und in schnellen Schritten das Ottohaus, die herrliche Aussicht und die Begegnung mit der Nervenkranken hinter sich zu lassen. Erst als er schon fast wieder unten angekommen war, fiel ihm ein, dass er vergessen hatte zu bezahlen.

Bansin

Sein Tag hatte gut begonnen. Der Wind vertrieb die Wolken schnell, das Meer glitzerte im Schein der ersten hellen Sonnenstrahlen und vom Hotel Seeblick wehten einige Stimmen zu ihm herüber und nahmen das Klingen von Besteck und Tellern mit, die die Kellner beim Eindecken der Frühstückstische auf der Terrasse orchestrierten.

Schnell hatte er sich im Badewagen seiner Kleider entledigt, war in den Badeanzug geschlüpft und zur Wasserkante marschiert, vor sich das weite Grau in Blau der Ostsee. Wahrlich, es gab keinen besseren Ort als diesen. Katia hatte schon recht behalten, als sie sagte, man solle doch in diesem Sommer Usedom ausprobieren. Sie hatte ihn dabei so sorgenvoll angesehen, dass er sich des Gefühls einer gewissen Rührung nicht erwehren konnte. Nach all den Jahren galt ihre erste Sorge immer noch ihm, ganz so wie es in einer Ehe sein sollte, und er hatte ihr zugestimmt, in der Hoffnung, dass ihm ein Aufenthalt am Meer die nötigen Kräfte verleihen würde, endlich seinen »Zauberberg« zu Ende zu bringen. Also hatte Katia die Kinder, das Gewand und alles andere eingepackt, ihm am Reisemorgen den passenden Anzug herausgelegt und man war gemeinsam aufgebrochen in Richtung Ostsee.

Das Meer hatte sie so gleichgültig empfangen, wie es auch alle anderen Sommergäste duldsam hinnahm, die an seinen Ufern Erholung vom anstrengenden Alltag suchten, und ließ es geschehen, dass sich die Familie, von Klein bis Groß, in von Katia selbst genähte Badeanzüge gehüllt, täglich in die Wellen stürzte. Hin und wieder warf es aus Tollerei einen der Badegäste am Strand von Bansin um, füllte seinen Mund mit dem salzigen Wasser an und schubste den Ärmsten, nunmehr hustend und würgend, wieder an den Strand zurück, sicher und, abgesehen von einer Portion Meerwasser im Bauch, weitgehend gesund und munter. Die Ostsee war keine Bedrohung, man musste vor ihr keine Angst haben. Sie war ein friedlicher Hüne, der niemandem wehtat, solange man ihn nicht reizte.

Er atmete tief ein und riss dabei die Arme in die Höhe, dann prustete er laut die Luft aus seinen Lungen und ließ die Arme wieder fallen. Das wiederholte er fünfmal. Danach streckte er die Arme weit und gerade nach vorne aus und ging in die Kniebeuge. Auch dies tat er fünfmal nacheinander. Dann wieder die Arme hoch, Arme nach vorne und so weiter. Als er seine Leibesübungen absolviert hatte, war er bereit. Mit ausladenden Schritten ging er nun die letzten Meter auf das Wasser zu. Die Kälte war jedes Mal wieder ein Schock, aber der war schnell überwunden und wenn man es recht bedachte, war das Prickeln auf der Haut, von Kälte und Salz überwältigt, etwas, das sein Selbst in einen Sinnentaumel stürzte und durchaus angenehm. Ein kurzer Schmerz, der die Lust auf mehr weckte.

Der Strand lag noch menschenleer da, kein Augenpaar traf seinen Körper, als er sich in die Fluten stürzte. Er tat dies nicht, wie die jungen Männer, die mit schnellem Lauf und weit vorgebeugt ins Wasser liefen und dann einige schnelle Schwimmzüge machten, denn er war kein junger Mann mehr. Dennoch wollte er nicht zögerlich wie ein altes Weiblein ins Wasser tänzeln. Er ging einfach in aller Seelenruhe hinein, bis ihm das Wasser hüfthoch stand, beugte sich vor und begann schließlich mit einer langen Reihe an Brustschwimmzügen, die er, was die Arme betraf, in einiger Perfektion ausführte, während sein Rücken nach unten zog und sich seine Füße am Meeresboden entlang bewegten. So brusttrippelte er etwa fünfzig Meter ins Meer hinaus, wendete dann und »schwamm« die fünfzig Meter wieder zurück. Als er seinen Fuß wieder in den trockenen Sand setzte, war noch immer kein weiterer Besucher zugegen und nur das Lachen der jungen Männer, die im Haus Seeblick für die Sommersaison als Servicepersonal angeheuert hatten, flog bis zu ihm herüber. Er versuchte, einzelne Stimmen auszumachen und herauszuhören, ob es der große schlanke Junge mit den dunklen Locken war oder der kleine untersetzte mit den semmelblonden Haaren. Er hatte sie Adonis und Peer Gynt genannt und beide gefielen ihm mehr als gut. Es war eine Freude, den schlanken, flinken Fingern der Burschen dabei zuzusehen, wenn sie Teller auf Teller türmten und Gabeln, Messer und Teelöffelchen in ihren starken Händen balancierten, dass einem schwindelig werden konnte. Er beobachtete sie gern dabei, wenn sie frühmorgens die Tische eindeckten, lange bevor die Gäste kamen. Wie schade, dass er dieses Schauspiel heute verpassen würde.

Er drehte sich mit dem Gesicht zum Horizont. Die Kälte hatte ihn belebt, er fühlte sich kräftig, vital, beinahe wieder so wie vor der Zeit, als er begonnen hatte, den Zauberberg zu besteigen und ihn die Arbeit der letzten Monate so leer und ausgelaugt zurückgelassen hatte. Nun war er wieder der Alte und sein Körper, ertüchtigt von Morgengymnastik und Meeresfrische, meldete sich zurück.

Den Badewagen, in dem seine Kleidung und sein

Tuch lagen, mit dem er sich für gewöhnlich nach dem Bade von oben bis unten kräftig abzureiben pflegte, stand nur wenige Meter von ihm entfernt, doch er schlug eine andere Richtung ein, hinüber zu den flachen Grasdünen, kaum zu vergleichen mit den großen Dünen der Nordsee. Diese hier boten kaum Schutz vor Wind und Wellen, legte man sich jedoch flach in den weichen hellen Sand, wurde man vom Hotel aus dennoch unsichtbar.

Er legte sich auf den Rücken, versteckt von Grasbüscheln und den sanften Wellen des Sandes, und spürte der Erde nach, wie sie sich unter ihm drehte und eine reine Lust überkam ihn, die auf nichts anderem basierte als auf der Erkenntnis, dass es gut war, am Leben zu sein. Wenn der Wind kurz nachließ, der in die entgegengesetzte Richtung wehte, konnte er, geborgen in seiner Sandmulde, noch immer einzelne Wortfetzen vom Gespräch der jungen Kellner auf der Terrasse hören.

War es das Meer, das ihn so belebt hatte? Er spürte, wie sich sein Körper zu regen begann, wie er sich dem kalten blauen Himmel über ihm entgegenstrecken wollte, und das Einzige, was ihn daran hinderte, war sein schwarzer Badeanzug. Einem plötzlichen Impuls folgend, streifte er sich die Träger von den Schultern und schob das Kleidungsstück hinunter. Er begann mit systematischen Bewegungen seiner Hand die Lust zu steigern, den regelmäßigen Schwimmbewegungen gleich, mit denen er noch vor wenigen Augenblicken das Wasser durchpflügt hatte. Schon näherte er sich dem Höhepunkt, als plötzlich fremde Laute in sein Versteck drangen, deren Ursprung ihm zunächst nicht ganz klar war. Er hielt inne und lauschte. Da! Es waren Schritte im Sand. Er war, obgleich noch immer abgeschirmt von den Blicken Fremder, eindeutig nicht allein.

»Herrlich!«, hörte er eine Männerstimme in unmittelbarer Nähe rufen. »Dieser Blick ist einfach unvergleichlich!«

»Ich bin so froh«, sagte eine andere Stimme mit unverkennbar skandinavischem Akzent, »dass Sie mich überredet haben, lieber Herr Exss, nach Usedom zu kommen. Nach all der Lektüre braucht es einmal frische Luft, um den Kopf … wie sagt ihr Deutschen noch dazu?«

»Frei zu bekommen!«, antwortete Paul Exss. »Das glaube ich Ihnen gerne, lieber Herr Hallström! Sie stecken wohl mit dem gelehrten Kopf hauptsächlich in den Büchern?«

»Ach, Sie machen sich keine Vorstellung!«, stöhnte der mit Hallström Angesprochene.

Die Stimmen waren nun ganz nah und ihm wurde klar, dass er Gefahr lief, entdeckt zu werden: halb nackt, mit heruntergelassenen Hosen! Die Schamesröte schoss ihm ins Gesicht und er überlegte fieberhaft, ob er sich nun in Windeseile wenigstens den Badeanzug hochziehen sollte oder ob er besser still liegen blieb, in der Hoffnung, dass die zwei Herren an ihm vorbeimarschieren würden, ohne ihn zu bemerkten. Da hörte er Exss sagen:

»Und wie steht es mit dem neuen Werk von Thomas Mann? Man sieht ihn ja wohl allenthalben dieser Tage in Bansin herumgehen. Ich habe gehört, er schreibt recht brav an einem neuen Roman.«

»Noch ist der nicht erschienen«, gab Hallström zu bedenken. »Da kann man wenig sagen. Die ›Buddenbrooks‹ dagegen halte ich natürlich für preiswürdig. Aber ob sich die anderen Mitglieder des Nobelkomitees dazu überreden lassen, ihm den Preis zu geben, weiß der Himmel.«

Oh Gott, das war Per Hallström vom Nobelkomitee! Und man sprach über ihn! Ausgerechnet … Wenn er es jetzt wagte und still liegen blieb, würde er womöglich mehr erfahren. So eine Chance konnte er sich unmöglich entgehen lassen. Andererseits – wenn man ihn entdeckte, war die Schande unaussprechlich. Was sollte er nur tun?

»Ach«, sagte Exss, »die ›Buddenbrooks‹ liegen doch schon eine halbe Ewigkeit zurück. Ob man dafür den Mann noch auszeichnen sollte?«

»Zugegeben, das ist natürlich ein Problem«, gab Hallström zu.

Die Stimmen waren noch näher gekommen. Kein Zweifel, sie würden ihn gleich entdecken, wenn nicht gar über ihn stolpern. Panik ergriff ihn, entsetzliche, alles verschlingende Panik, und mit einem einzigen Ruck an den Trägern riss er seinen Badeanzug nach oben und startete los. Er rannte davon, als wäre ein Ungeheuer hinter ihm her, wobei er aus den Augenwinkeln beobachten konnte, wie die zwei Herren, völlig verdutzt ob des halb nackten Mannes, der wie ein Irrer aus den Dünen hervorschoss und dabei den rechten Träger seiner Schwimmbekleidung nicht über die Schulter gezogen bekam, weshalb das Kleidungsstück immer wieder bis zum Hintern an ihm herabrutschte, hinter ihm her starrten.

Es dauerte eine Weile, aber dann, den Schrei einer gleichfalls aufgeschreckten Möwe abwartend, sagte Per Hallström in die Stille hinein: »Das war doch nicht etwa …?«

»Nein«, entgegnete Paul Exss ganz entschieden. Ein halb nackter Nobelpreisanwärter, der Gott weiß was in den Dünen seines geliebten Bansin trieb, war mehr, als dieser wundervolle Morgen am Meer aushalten konnte. »Nein!«, wiederholte er noch einmal ganz entschieden.

Dann setzten die beiden schweigend ihren Weg am Strand entlang fort und es dauerte fast bis Heringsdorf, bis sie ihre Konversation wieder dort aufnehmen konnten, wo sie sie unterbrochen hatten.

Kurz darauf zog die Familie Mann in eine Privatwohnung um, die Katia in aller Eile hatte anmieten lassen, nachdem ihr Gatte das halbe Hotel verschreckt hatte, indem er morgens in nichts als seine Badekleidung gehüllt durch die Eingangshalle des Hotels gerannt war, was einen kleinen Skandal gegeben hatte. Als sie ihn jedoch nach dem Grund für seinen merkwürdigen Auftritt fragte, blieb er ihr die Antwort schuldig. Auch über den Verbleib seines Sommeranzugs machte Thomas Mann keinerlei Angaben und so trug er für den Rest des Sommers seinen alten Reiseanzug. Katia zog ihn deswegen gerne mit dem Satz auf, er habe sich auf Usedom so gekleidet, als wäre er ständig auf der Flucht gewesen.

Briefe an Cassandra

Cassandra, Liebes,
es ist etwas geschehen, von dem ich darauf brenne, es einer Menschenseele zu erzählen. Und Du bist die seligste aller Seelen, der allein ich mich anvertrauen kann!

Ich erzählte Dir doch, dass wir zur Trinkhalle wollten, heute erst. War es wirklich erst heute? Mein Verstand spielt mir einen Streich. Verrückt werde ich noch, wenn ich es nicht erzähle, verrückt! Sch, höre ich Dich sagen, so rede doch! Geschwind, Schwester, ich schreibe!

Wir waren kaum dort angekommen, als man uns Mr Dashwood vorstellte, eben den Nachbarn, von dem ich Dir bereits geschrieben habe. Ich fragte ihn nach seinen sieben Söhnen und ihrem Befinden und ob sie sich denn im neuen Haus schon eingefunden hätten und er erwiderte, lachend, dass es ihnen gut gehe, es aber tatsächlich nur fünf Söhne seien. Man habe hier maßlos übertrieben, wenn auch das Alter stimme, so sind sie denn zwischen zwölf und einem Jahr alt und er ein Witwer.

Mr Dashwood bot mir seinen Arm und so wandelten wir in der Halle mit den anderen und gerieten dabei in die allerschönste Unterhaltung. So angeregt sprachen wir von Literatur (er verehrt, nein, liebt Henry Fielding, so wie ich), dass wir die Zeit vergaßen. Erst ein Raunen weckte uns aus unserer Trance und da waren wir doch nicht weniger als eine Dreiviertelstunde schon Seit an Seit spaziert und man hatte uns beobachtet und schon allerlei Tollkühnes über uns ersponnen, bis es unserem Bruder endlich einfiel, uns die Zeit in Erinnerung zu rufen.

Du willst nun sicher wissen, wie er ist, dieser Mr Dashwood? Seine Stimme ist angenehm und sein Wesen von freundlicher Art. Zudem spricht er liebevoll von seinen Kindern und verliert über niemanden ein schlechtes Wort. Sein Haar ist grau, doch noch kräftig, und sein Lächeln verrät Humor und Güte. Überhaupt war es ein Angenehmes und Leichtes, mit ihm zu flanieren. Ich wäre ohne Federlesens auch noch drei Stunden so weiter ausgeschritten.

Man brach dann bald auf, und wie es der Zufall wollte, traf man kurz darauf vor der Haustür (eben weil Tür an Tür) wieder zusammen. Da gab ein Wort das andere und man stand noch ganze zehn Minuten so beisammen, als plötzlich Geschrei uns bis ins Mark erschrecken ließ und eine Dienstmagd aus dem Haus gelaufen kam, ihren Herrn zu holen. Eines der Kinder, ein fünfjähriger Bub mit Namen Henry, war vom Baum gefallen. Schon rannte der gute Mr

Dashwood, das arme Wesen zu sehen und bat mich, ihn zu begleiten, weil, wie ich ihm erzählte, ich dank unserer Brüder viel Erfahrung im Umgang mit Verletzungen aller Art habe.

Schon legte man uns das Kind auf eine Couch, ohnmächtig, den Arm verwinkelt. Ohne nachzudenken griff ich die Beine fest, der Diener hielt die Brust und der tapfere Vater gab dem Gelenk den rechten Dreh, sodass es zurücksprang. Tapfer war das Kind! Der Doktor war gerufen und fällte sein glückliches Urteil, so machten wir uns weiter keine Sorgen mehr. Es würde schon alles gut werden. Und wie er das sagte, da traten Tränen der Freude in unser aller Augen, und ohne nachzudenken lagen wir uns kurz darauf in den Armen, Mr Dashwood und ich. Nur das schlafende Kind bei uns und wir einander nah, oh, so nah, Cassandra! In diesem Moment war ich verloren und gefunden.

Man begleitete mich anständig heim, erklärte die Situation und brachte mir Tee zur Beruhigung. Als ob Tee da helfen würde. Alles sittsam, voll Anstand, so als wäre nichts gewesen und, Schwester, es war ja auch nichts! Und doch ist jetzt alles anders.

Deine in Irrungen und Wirrungen verloren gegangene

Jane

Zitronen, Zitronen

»Und nun bitte die Stiefel!«

Der Soldat deutete auf seine Füße, die in soliden Rindslederschuhen mit hohem Schaft steckten. Er hatte sie erst vor Kurzem anfertigen lassen, noch bevor er den Entschluss gefasst hatte, auf diese Reise zu gehen.

»Ich bitte Ihn, ist das denn wirklich nötig?«

Der Soldat bekräftigte seinen Wunsch, in die Stiefel hineinzuschauen.

»Und warum, bitteschön? Was sollte ich denn darin versteckt haben?«, fragte er einigermaßen erbost ob der ungehobelten Art, mit der ihn die zwei Grenzposten nun seit etwa zehn Minuten inspizierten.

Der Mann zuckte nur mit der Schulter und sein Kamerad antwortete stattdessen für ihn: »Vielleicht Waffen. Oder Gold.«

Er fasste sich an den Kopf. »Wie bitte? Er glaubt ernsthaft, dass ich Gold in meinen Stiefeln versteckt habe?«

»Wäre doch möglich!«

»Ja, und was um alles in der Welt sollte ich damit wohl machen? Und, noch viel wichtiger, was würdet Ihr wohl damit machen?«

»Aha!«, sagte der Grenzer. »Also hat Er welches!«

»Natürlich nicht!«, rief er aus. Der Zorn in seiner Stimme war nicht zu überhören.

»Werde Er mal nicht frech!«, war die entsprechende Antwort des Grenzers. Doch es half nichts. Er konnte hier noch stundenlang in der morgendlichen Kälte herumstehen, nur mit einem Hemd und Hosen bekleidet, sie würden erst Ruhe geben, wenn er auch aus den Stiefeln schlüpfte. Also zog er sie aus, wenn auch eben unter Protest.

»Nichts drinnen«, stellte der eine Grenzposten fest, der sicherheitshalber beide Stiefel noch einmal umdrehte und schüttelte.

»Natürlich nicht!«, rief er aus.

»Nicht die kleinste Goldmünze?«, fragte der andere enttäuscht nach.

»Nein.«

»Wir sollten ihn abtasten«, gab sich der Grenzer noch nicht zufrieden. »Vielleicht trägt er Verbotenes am Körper!«

Ehe er wusste, wie ihm geschah, verfuhren sie schon mit ihm wie mit einem alten Rock, den man ausbeutelte, um ihn zu reinigen. An seinem gesamten Körper entlang glitten ihre Hände wie zur Leibesvisitation, selbst die Waden tasteten sie ihm ab und es hätte nicht viel gefehlt und man hätte ihm noch das letzte Hemd vom Leib gerissen und ihn mit nacktem Oberkörper dort herumstehen lassen, zudem in dünnen Socken und ohne Schuhe.

»Schau in den Hut«, schlug nun der andere wieder vor. Auch dieser wurde eingehend inspiziert und für harmlos befunden. Er durfte sich wieder ankleiden.

»Wollen die Herren mir nicht endlich sagen, wonach sie so emsig suchen?«, fragte er zornig und gleichzeitig neugierig, was man ihm wohl antworten würde.

»Na ja«, sagte der ältere von beiden, »Er könnte ja ein Spion sein.«

»Genau!«, pflichtete ihm der Jüngere bei.

Es war zum aus der Haut fahren! Nicht nur hatten sie ihn sich halb nackt ausziehen lassen, seine Kleider durchforstet und ihn sogar verdächtigt, Devisen außer Landes zu schmuggeln, nun sollte er noch ein Spion sein! Das wurde ja immer schöner …

»Ich versichere, dass ich kein Spion bin«, sagte er entschieden.

»Ja, aber warum will Er dann zu dieser nachtschlafenden Zeit über den Brennerpass?«, wollte nun der Alte wissen.

»Vielleicht hat Er ja etwas zu verbergen?«

»Womöglich ein Geheimnis!«

»Ganz sicher sogar!«

»Und wir werden es herausfinden.«

»Worauf du einen lassen kannst!«

Es war zum Verzweifeln. Nachdem sie weder in seiner Kleidung noch an seinem Körper verdächtige versteckte Gegenstände hatten finden können, waren sie dazu übergegangen, sein Gepäck auseinanderzunehmen – und das bereits zum zweiten Mal. Beim ersten Durchwühlen seiner Taschen hatten sie nichts gefunden, also gingen sie der Sache nun tiefer auf den Grund. Nur war beim ersten Versuch das ganze Gepäck bereits so sehr durcheinandergeraten, dass sie nunmehr jedes Kleidungsstück, jedes Buch und jedes Etui einzeln hervorkramten, bis sie an seine Papiere gelangten.

»Was ist das?«, fragte ihn der eine Grenzposten.

Er stellte sich dumm. »Was meint Er?«

»Das hier!« Der Grenzer wedelte mit einem schmalen, zusammengeschnürten Bündel vor seiner Nase herum. »Das sieht mir doch ganz aus, als wären dies Papiere, die Er uns hätte vorlegen müssen, Herr Möller.«

So einfältig der Mann vor ihm auch wirken mochte, hatte er doch zielsicher das Einzige aus seinem Gepäck gezogen, was er lieber verborgen hätte. Dass sein Name nicht Johann Philipp Möller war und dass er nicht als Maler zu Studienzwecken nach Italien reisen wollte, was in der Tat eine faustdicke Lüge war, hatten sie ihm wohl von Anfang an nicht geglaubt, zumal er keinerlei Pinsel oder Farben bei sich trug, wie man es bei einem Maler doch hätte erwarten können. Lediglich einige Kreiden und etwas Zeichenkohle führte er bei sich. Aber dass er nun gezwungen sein würde, sein wahres Ich zu offenbaren, um dem Verdacht der Spionage zu entkommen, war wohl unumgänglich.

»Hört«, sagte er, »es könnte sein, dass Er etwas überrascht sein wird, wenn Er diese Papiere ansieht, denn …«

Der Grenzer unterbrach ihn. »Mich überrascht nichts mehr«, stellte er klar, zog an der Schnur, griff sich eines der Blätter und begann dieses intensiv zu studieren.

»Ich denke, ich muss wohl erklären, was es damit auf sich …«, begann er erneut, doch der Alte reichte einfach das Papier weiter an seinen jungen Kollegen.

»Was sagst du dazu?«, wollte er wissen.

Der griff nun mit dreckigen Fingern nach dem weißen Bogen und hielt ihn, zu seiner großen Überraschung, verkehrt herum.

»Ich sage, der Mann ist ein Betrüger!«

»Da sprichst du weise!«, stimmte der Alte ein.

»Wir haben zwar kein Gold in seinen Taschen gefunden, was für Spione üblich ist, weil sie ihre

Lügen doch oft teuer zu stehen kommen, aber immerhin das hier!«

»Kein Gold, aber immerhin …!«

Er musste den Impuls unterdrücken, sich mit der rechten Hand an die Stirn zu schlagen. Darum ging es also! Sie wollten Geld, dann würden sie ihn laufen lassen.

»Wie viel?«, fragte er, jegliche Vorsicht ablegend. Aber so leicht wollten es ihm die zwei nun auch wieder nicht machen.

»Wollen der Herr etwa andeuten, dass wir uns bestechen lassen?«, fragte der Alte. »Wir! Zwei ehrliche Grenzbeamte!«

»Frechheit!«, rief der andere.

»Nein, natürlich nicht, niemals!«, ruderte er zurück. »Es ist nur so, dass ich glaube, dass Euch, werte Herren, dafür, dass Ihr so lange schon Euch an diesem Morgen mit einer Person wie mir abgeben müsst, eine Aufwandsentschädigung zusteht! Oder irre ich mich da?«

»Nein, da irrt Er sich nicht«, sagte der Junge.

»Und in der Tat hält Er uns schon über Gebühr lange auf, wo wir doch schon die ganze Nacht auf den Beinen sind und rechtschaffen müde von der Arbeit.«

Er hatte einige Goldmünzen in das Innenfutter der Reisetasche eingenäht, wagte aber nicht, diese jetzt hervorzuholen, damit ihm nicht seine gesamte Reisekasse von diesen zwei Schergen abgeluchst würde. Stattdessen griff er zu dem anderen Versteck, nämlich dem Absatz seines rechten Schuhs, zog diesen dezent auf und heraus purzelte eine Summe von gut sechs Talern. Das war ein hübsches Sümmchen für diesen Zweck.

»Wären die Herren so freundlich, diesen bescheidenen Beitrag als Anerkennung ihrer außergewöhnlichen Arbeitsleistung entgegenzunehmen?«

Gierig griff der Junge nach dem Geld, aber der Alte hielt ihn zurück. Stattdessen nahm er den anderen Stiefel und versuchte, den Absatz vor- und zurückzuschieben. Allein, hierin gab es kein Geheimversteck.

»Nun, ich vermute, das war wohl alles«, stellte er enttäuscht fest.

»Diese sechs Taler, meine Herren, sind meine gesamte Reisekasse!«, sagte er entschieden. »Aber ich bin gewillt, sie Euch braven Männern zu überlassen, wenn …«

»Wenn was?«

Er deutete auf seine Kleider und sein Gepäck. Da stimmten die Grenzer dem Handel zu und ließen ihn wieder in Rock und Schuhe schlüpfen. Auch den Hut übergab man ihm und der Junge war sogar so freundlich und half, die verstreuten Sachen in die Reisetasche zurückzustopfen.

»Vergelt's Gott!«, sagte er zum Abschied, drehte sich auf dem Absatz um und steuerte auf seine Kutsche zu. Der Kutscher hatte dem Treiben belustigt aus der Entfernung zugesehen.

»Was glotzt Er so?«, fuhr er ihn an. »Fahr Er los!«

Der Kutscher verstaute die Reisetasche wieder und schloss die Wagentür. Dann raunte er ihm zu: »Nehmt es mir nicht übel, Herr, aber ich mische mich nicht in deren Geschäfte ein und die sich nicht in meine.«

»Bestens«, zischte er nur mit bösem Unterton, winkte den Grenzern zum Abschied zu und war froh, als sie endlich den Posten hinter sich gelassen hatten.

Es war der Morgen des 2. September, und während in Weimar längst die herbstliche Kälte Haus, Hof und Betten feucht und klamm hatte werden lassen, brachen sich hier, am Brenner, die ersten Spätsommersonnenstrahlen ihren Weg in Augen und Herz. Ein Gefühl lang nicht mehr verspürter Freude ging ihm plötzlich durch und durch und vor Glück begann er fast zu weinen. Er hatte es geschafft, endlich Italien!

Etwa zwei Stunden später kamen sie an den ersten Hängen mit wildem Wein vorbei und dort, in einem gut geschützten Winkel eines sonnenbeschienenen Bauernhofs, erblickte er zum ersten Mal, was ihm wie ein Wunder vorkam: einen Zitronenbaum!

»Halt Er an!«, schrie er freudig erregt. »Halt, Kutscher!«

Noch ehe die Kutsche wirklich zu stehen kam, riss er die Tür auf und sprang ab. Sogleich eilte er auf den kleinen Baum zu, der nicht nur einige wenige Früchte trug, sondern gleichzeitig ein paar spärliche Blüten aufwies. Andächtig, als wollte er beten, kniete er schließlich vor dem Bäumchen nieder und begann zu deklamieren, was ihm gerade in den Sinn kam: »Kennst du das Land, wo die Zitronen blühn, im dunklen Laub, die … die …« Er suchte nach den richtigen Worten.

»Wer ist das denn?«, fragte die Bäuerin, die in diesem Augenblick aus dem kleinen Hühnerstall heraustrat, die Schürze voll mit Eiern, die sie gerade eingesammelt hatte, und die nun an den Kutscher herantrat, um zu erfahren, welcher Irre da zu Füßen ihres Zitronenbäumchens kniete und auf Deutsch etwas zu deklamieren schien.

»Ach, das ist so ein verrückter deutscher Dichter«, sagte der. »Hat schon die ganze Fahrt über von Zitronen gefaselt und dass Italien sein Elysium sei und so weiter. Wie schafft Ihr das überhaupt, dass die Früchte hier wachsen?«

»Wir graben das Bäumchen im Winter aus und stellen den Kübel in den Schweinestall«, erklärte ihm die Bäuerin das gelbe Wunder. »Da ist es immer warm, auch wenn draußen Frost ist.«

»Na, da schau her …«, gab sich der Kutscher beeindruckt. »Hat Sie vielleicht auch einen Schnaps für mich?«

»Freilich«, antwortete die Bäuerin. »Komm Er halt in die Küche.«

Schon folgte ihr der Kutscher hinterdrein. Als sie auf dem Weg ins Innere des Hauses am Dichter vorbeikamen, konnten sie ihn flüstern hören: »Zitronen! Wahrhaftig Zitronen!«

Ausgerechnet Bananen!

Er war ein langes Stück die Ostender Straße entlanggelaufen, bis er endlich vor dem Haus stand. Es dauerte ein wenig, bis er auch den Mut fand, durch den großen Torbogen hindurchzugehen.

Sein Vater hatte ihm gesagt, er solle bloß nicht zu freundlich daherkommen. »Bei dem alten Hinrichs hilft dir dein Charme nicht«, hatte er gemeint. »Besser ist ein fester, ehrlicher Handschlag. Und grüß den Alten von mir. Das sollte helfen.«

Stallknecht würde er werden, obwohl das nun wirklich nicht sein Traumberuf war. Lieber hätte er sich in einem Handwerk versucht, Tischler vielleicht oder Barbier. Aber wie der Vater, so der Sohn, und ein Kutscher folgte auf den nächsten. Doch weil er erst fünfzehn war, würden sie ihn vorerst nur die Tiere pflegen lassen und die Kutschen instand halten. Das nahm er zwar hin, gefallen musste es ihm dennoch nicht, denn die Kutscher lebten zu einem großen Teil vom Trinkgeld ihrer Passagiere, und wenn er nur im Stall arbeiten würde, dann kam wohl nur wenig mehr als ein Hungerlohn dabei heraus. Dabei konnte er Kutschen lenken, seit er neun war. Der Vater hatte es ihm beigebracht.

Tief Luft holen. Er gab sich einen Ruck, durchschritt das Tor und stand wenig später vor den Stallungen. Ein paar der Droschken waren schon ausgefahren, aber zwei waren noch da, bereit, sich am Bahnhof und vor den vornehmeren Hotels der Stadt ihre Kundschaft zu suchen.

»Ah«, sagte der alte Hinrichs, »da bist du ja!« Er hatte ihn offensichtlich erwartet. »Mischa, das ist Paul, Paul das ist Mischa.« Er deutete auf einen hageren jungen Mann neben sich, der eine Schiebermütze auf dem Kopf trug. »Der fängt bei uns heute im Stall an. Zeig ihm mal alles und drück ihm eine Mistgabel in die Hand. Der kann gleich loslegen. Damit er lernt, was Arbeit ist.«

Hinrichs lachte, aber es klang nicht freundlich. Mischa, der gerade einmal zwei, vielleicht drei Jahre älter als er selbst war, blies seine schmale Hühnerbrust auf, weil er nun jemanden unter sich in der Hackordnung wusste, und befahl ihm, ihm zu folgen.

»Das hier sind die Ställe«, deutete er auf die Pferdeboxen, die jetzt, bis auf eine, alle leer standen. »Hier übernachten unsere Gäule, wenn sie nicht draußen in Kleinmachnow auf der Weide sind. Du musst sie ausmisten und neues Stroh ausstreuen.« Paul nickte. Vierzehn Boxen, das bedeutete viel Arbeit. Mischa fuhr fort. »Dort drüben ist die Sattelkammer. Da findest du das ganze Zaumzeug, Decken und so weiter. Das muss am Abend immer alles wieder ordentlich eingeräumt werden. Ist eigentlich Aufgabe der Kutscher, aber die scheißen da drauf. Musst auch du machen. Dort geht es rauf zum Heuboden, da hinten holst du das Stroh und eine Wasserpumpe gibt es im Hof. Und hier«, er grinste böse, »geht es zu den Exoten.«

Mischa führte ihn durch eine schmale Holztür hindurch in einen Verschlag, den jemand vor Urzeiten einmal an den Pferdestall angezimmert hatte. Mittlerweile war das Holz morsch und es roch nach Feuchtigkeit und ziemlich streng nach Tierexkrementen.

»Da«, sagte Mischa und deutete angewidert auf eine schmale Bretterwand mit Tür, »schau mal rein. Wenn du dich traust …«

Zögerlich machte Paul einen Schritt auf den Stall zu, nicht wissend, was ihn dort erwarten würde. Mit einem Mal tauchte ein merkwürdig aussehender Kopf über ihm auf und versuchte, nach ihm zu schnappen. Es fehlte nicht viel und das Tier hätte ihn erwischt. Mischa schien sich darüber kaputtlachen zu können.

»Ist ein gemeines Mistviech«, sagte er. »Freiwillig geh ich da nicht rein.«

Paul war rund einen Meter zurückgewichen und

starrte entgeistert auf den Bretterverschlag. »Was ist das?«, wollte er wissen.

»Ein Vogel Strauß«, antwortete Mischa. »Teuflisches Vieh. Beißt dich, wenn du nicht aufpasst, und hat gute hundert Kilo. Der macht dich platt, wenn du da reingehst.«

Paul kam aus dem Staunen nicht heraus. Mit allem hatte er gerechnet, aber nicht mit so etwas! Wer erwartete auch im Brüsseler Kiez in einem Hinterhof einen Vogel Strauß zu finden?

»Kann der was?«, wollte er von Mischa wissen.

»Außer Lärm machen und beißen, das Scheißviech? Angeblich kann er Kutschen ziehen.«

Mischa spuckte neben sich ins Stroh aus, ganz knapp neben Pauls Schuhe.

»Frisst Blätter, Obst und so Zeugs wie Würmer. Auf Hafer ist er ganz verrückt. Und Steinchen musst du ihm geben. Damit er kacken kann. Da hinten«, er deutete in ein dunkles Eck, »in dem alten Kaninchenstall, ist die Schlange.«

»Eine Schlange?«, fragte Paul verdutzt. Hatte er da richtig gehört? Wer hielt denn in unmittelbarer Nähe eines Pferdestalls eine Schlange? Das machte die Tiere doch nervös, die konnten das doch wittern!

»Jepp, so ein fieses Ding, das sich um deinen Hals legt und dir die Luft abschnürt. Und wenn du nur noch japsen kannst, dann frisst es dich mit Haut und Haaren!«

Mischa schien sich über Pauls entsetztes Gesicht großartig zu amüsieren.

»Wir hatten auch mal ein Zebra, aber das ist letzten Herbst gestorben.«

»Woher …?«, wollte Paul wissen.

»Das Zebra? Ach, das hat dem alten Hinrichs ein Zirkusdirektor vermacht. Aber das war schon uralt und krank, als es hier ankam. Hat nur ein paar Wochen gelebt.«

»Und der Strauß und die Schlange?«

Mischa spuckte ein weiteres Mal auf den Boden. »Schwarze Venus«, sagte er.

»Was?«

»Nicht was, wer. Hinrichs nennt die so. Ich weiß ja nicht, was alle an der finden, außer dass sie nackt herumhopsen kann wie eine Wilde, aber bitte, ich misch mich da nicht ein. Jeder wie er's braucht.« Da beugte er sich vor und flüsterte: »Hab mich ja gewundert, dass der Alte überhaupt noch einen hochkriegt und noch dazu bei so einer. Als wären uns in Berlin die hübschen Mädchen ausgegangen, was?! Aber wenn er meint …« Er lachte.

Paul verstand immer noch kein Wort. »Welches Mädchen?«

Mischa tippte mit dem Finger an die gegenüberliegende Bretterwand. Im Halbdunkel konnte Paul zwei Zeitungsartikel erkennen, die jemand ausgeschnitten und an die Wand geheftet hatte. Auf dem einen war eine fein gekleidete Dame zu sehen, die auf einem Sulky saß, der von einem Vogel Strauß gezogen wurde. Daneben hing ein Porträt derselben Dame, die mit den größten Kulleraugen der Welt und glatt pomadisiertem Haar in die Kamera schaute.

»Die Tänzerin?«, fragte Paul erstaunt.

»Genau die«, sagte Mischa. »Und das hier«, er deutete auf die Stalltür, hinter der der Strauß sein Unwesen trieb, »ist ihr Vogel. Und das da ihre Schlange, eine Boa. Hatte angeblich auch einen Geparden auf ihrem Hotelzimmer im Adlon. Den hat sie aber mit nach Frankreich genommen. Aber der dumme Vogel ist noch da.« Er schlug einmal kurz gegen die Tür und aus dem Inneren des Stalls war ein dumpfes Grollen zu hören. »So ist das mit den Reichen: Wenn der Sommer kommt, hauen sie alle aus der Stadt ab und lassen ihre Viecher zurück. Und unsereiner kann sich dann kümmern.« Er schaute Paul an. »Na ja, der Strauß ist ab sofort dein Problem.«

Mischa machte auf dem Absatz kehrt und ließ Paul einfach stehen. Der zögerte kurz, aber dann folgte er dem Stallburschen zurück zu den Pferdeboxen, griff sich eine Schaufel und begann damit, Box nach Box auszumisten. Am Nachmittag war er endlich fertig. Er konnte seine Arme kaum noch spüren.

»Vergiss nicht die Sattelkammer zu fegen«, ermahnte ihn der alte Hinrichs. »Und hast du schon den Strauß gefüttert?«

»Nein.«

»Dann mach!«

Er ließ sich Zeit beim Fegen. Aber irgendwann war er auch damit fertig, und ob er nun wollte oder nicht, er musste sich seiner nächsten Aufgabe stellen. Also griff er sich einen Eimer, tat zwei Handvoll Hafer hinein und ging damit zurück zu dem Holzverschlag, in dem der Strauß hauste. Der begrüßte ihn mit einem Geräusch, das ähnlich klang wie das Brüllen eines Löwen. Vor Schreck ließ er den Eimer fallen.

»Ist ja gut, ist ja gut«, sagte Paul, mehr sich selbst als den Vogel beruhigend, »mach nicht so einen Aufstand.«

Allerdings traute er sich nun auch nicht mehr näher als einen halben Meter an den Bretterverschlag heran. Nur konnte er ihm so kein Futter in den Trog füllen, der etwas weiter von der Tür entfernt auf dem zugekoteten Boden stand. Also pirschte er sich äußerst vorsichtig heran, bis der Strauß, der ihn aus seinen merkwürdig einfältigen Augen heraus beobachtet hatte, noch einmal denselben Brülllaut von sich gab und Paul in heller Panik den Hafer einfach über die Brettertür hinüberwarf. Sofort begann das Tier damit, zwischen den eigenen Exkrementen auf dem Boden nach den Körnern zu picken.

An die Schlange wagte er sich gar nicht erst heran, was zu seinem Glück auch gar nicht notwendig war, weil Mischa sie erst vor einigen Tagen mit einer fetten Ratte gefüttert hatte, wie er ihm stolz berichtete. Blieb also der Strauß. Und auch wenn Paul das Tier leidtat, wie es da im Dreck watete, so fürchtete er sich dennoch vor dem exotischen Vogel, erst recht, nachdem ihm Mischa eine Schauergeschichte nach der anderen aufgetischt hatte, in der Strauße Männer einfach totgetreten hätten.

»Nur die schwarze Venus, die konnte mit dem Tier umgehen!«, gab sogar Mischa anerkennend zu. »Und Angst hatte die vor nichts und niemandem! Sagt jedenfalls der Alte.«

Nun schämte sich Paul erst recht, dass er es nicht über sich brachte, den Stall des Riesenvogels zu betreten, und als ihn sein Vater am Abend fragte, wie es denn beim alten Hinrichs gelaufen sei, erzählte er ihm die ganze Geschichte.

»Mach dir keinen Kopf«, empfahl er ihm. »Konzentriere dich besser auf die Pferde.«

Doch Paul ließ das alles keine Ruhe. Also entwickelte er, als er abends in seinem Bett lag, einen Plan. Am nächsten Morgen steckte er sein Taschenmesser ein. Mit dem zerschnitt er, als die Fuhrwerke alle unterwegs waren, zwei von den alten Lageräpfeln, die sie ab und an den Pferden zur Belohnung gaben, und warf wiederum die zwei Handvoll Apfelstückchen über die Bretter in den Verschlag. Der Strauß begann sofort damit, das Obst aufzupicken. Dies wiederholte sich am nächsten und auch am übernächsten Tag. Schließlich war Paul so weit, dass er sich traute, näher heranzugehen. Vorsichtig schob er sich bis zur Tür heran und reichte dem Vogel ein großes Stück Apfel durch einen der Schlitze zwischen den Holzbrettern. Der schnappte so schnell zu, dass er glatt noch Pauls Daumen erwischte, was dieser mit einem Schmerzensschrei quittierte.

»Autsch! Verdammt!«

Danach schaute er den Vogel einen halben Tag lang nicht mehr mit dem Hintern an. Aber irgendetwas ließ ihn an dem Tier nicht los. Also versuchte er es am Folgetag mit Brotstücken, danach wieder mit Äpfeln, dann ergatterte er in der Küche der Mutter ein paar Kohlröschen, die er an den irren

Vogel verfütterte, aber es änderte sich nichts. Er mistete bei brütender Sommerhitze schweißgebadet die Pferdeställe aus, bis er seine Arme vor Schmerzen nicht mehr höher als bis zur Brust heben konnte, und sackte jeden Abend vollkommen erschöpft in sich zusammen. Er lernte, das Zaumzeug zu ordnen, den Peitschen der Kutscher aus dem Weg zu gehen, wenn er ihrer Meinung nach nicht schnell genug mit dem Wassereimer angerannt kam, wenn sie und ihre müden Pferde abends versorgt werden mussten, und er ging Mischa aus dem Weg, weil … nun, er hielt das für besser so, nachdem er Mischa dabei beobachtet hatte, wie er heimlich etwas von dem Trinkgeld aus der Tasche eines Kutschers geklaut hatte, als dieser kurz austreten musste. Es war nicht viel und es war dem Mann auch nicht aufgefallen, aber Paul war klug genug, sich da nicht einzumischen. In solchen Fällen hatte man besser nichts gehört und nichts gesehen. Nur mit dem blöden Vogel kam er kein Stück weiter.

Aber dann hielt ihm der Alte eines Morgens ungefragt das *Berliner Tagblatt* unter die Nase und das Gesicht darauf erkannte Paul sofort. Bei dem Foto kam es allerdings weniger auf das Gesicht an, sondern vielmehr auf alle anderen Körperteile.

»Bananen!«, brüllte der alte Hinrichs und lachte,

bis ihm die Tränen kamen. »Nichts als Bananen! Und dazu ein bisschen Perlen überm Busen!«

Sofort drängten sich die anwesenden Kutscher und Mischa um den Alten und starrten alle gemeinsam auf die Zeitung. Ein Raunen und Pfeifen setzte ein.

»Ein Röckchen aus Bananen!«

»Und sonst nichts?«

»Sonst nichts!«

Der Alte wollte sich gar nicht mehr beruhigen und die anderen Männer rissen in der Folge einen anzüglichen Witz nach dem nächsten.

»Ich würde der gerne mal meine Banane zeigen!«

»Ach, ist deiner etwa gelb und krumm?«

Paul griff nach der Zeitung. »Darf ich mal?«, fragte er aufgeregt.

»Ja sicher, nimm!«, rief ihm der Alte zu und übergab das Blatt an seinen jungen Stallburschen. »Aber treib es nicht zu bunt! Ich will das Blatt nachher wiederhaben!« Paul überflog den Artikel über den Bananentanz in Paris und plötzlich wusste er, was er brauchte, um den Vogel zu besänftigen.

Es setzte sich in seinem Kopf als fixe Idee fest: Wenn er es schaffte, dem Vogel Bananen zu besorgen, dann würde er ihn so weit damit zähmen können, dass er ihn an sich heranließ und das nicht nur, damit er seinen Stall endlich richtig sauber machen konnte. Paul hatte Großes vor. Er wollte den Vogel vor den Sulky spannen und mit ihm durch Berlin kutschieren, so wie sie es getan hatte und wie er es vielleicht für sie oder vielmehr mit ihr eines Tages wieder tun konnte, sollte sie wieder nach Berlin kommen. Die Frage war nur: Wie kam er an die Bananen?

Nachts lag er nun wach und dachte daran, wie er etwas Extrageld verdienen konnte, um die Früchte zu kaufen. Und in den wirren Träumen, die er hatte, tanzte er mit ihr im Hof der Kutscherei um die Pferdetränke herum, ganz eng, ganz allein. Sie trug nichts am Leib als ein Röckchen aus Plüschbananen, und irgendwo in der Ecke stand der Strauß herum und brüllte.

Schließlich entdeckte er einen Obsthändler, gar nicht weit von der Kutscherei, der zu einem sündhaft hohen Preis winzige Bananen von der Insel Madeira verkaufte. Paul hatte keine Ahnung, wo Madeira lag, aber er stellte sich vor, dass es dort heiß war und süßlich roch. Dass die Früchte allerdings so klein und grün waren, hatte er nicht erwartet. Er hatte immer gedacht, Bananen seien gelb. In jedem Fall aber waren sie unfassbar teuer.

»Die werde ich mir nie leisten können«, sagte er leise zu sich selbst, als er wieder einmal vor dem Obstgeschäft stand, das mit »Südfrüchte Kowalski«

überschrieben war. Doch er hatte Glück, denn in diesem Augenblick kam eine Kundin vorbei und verwickelte den Verkäufer in ein Gespräch, sodass dieser abgelenkt war. Paul atmete einmal tief durch und marschierte dann mit schnellen Schritten auf den Obststand zu, griff im Vorbeigehen hin und steckte sich den kleinen Bund Bananen unter die Jacke. Dann ging er, so schnell er konnte, weiter, bog um die Ecke und hatte es geschafft. Ein paar Straßen weiter schaute er sich seine Beute genauer an. Fünf kleine Bananen hatte er erbeutet, zwei davon waren schon fast gelblich, die anderen noch grasgrün. Er würde die Gelben zuerst verfüttern.

Er wartete, bis alle Kutschen weg waren und er sicher sein konnte, dass Mischa sich zu seinem allmorgendlichen heimlichen Nickerchen in einen der Heuhaufen gelegt hatte. Das tat er immer, wenn der alte Hinrichs sich seinerseits in die nächste Kneipe begeben hatte, um sein erstes Bier des Tages zu kippen. Mischa überließ dann meist Paul die Arbeit.

Als er jetzt vor dem Verschlag des Straußes stand, hatte er allerdings keine Ahnung, wie er ihm die Banane darreichen sollte, hatte er doch selbst noch nie so eine Frucht gegessen. Kurz entschlossen griff er zu seinem Taschenmesser und schnitt die eine Banane vom Bund herunter und dann in kleine Stücke. So ein Stückchen, noch mit der Schale daran, warf er nun über die Brettertür. Aufgeregt begutachtete das Tier den Leckerbissen – und schnappte zu. Das Stückchen Banane verschwand mitsamt Schale in seinem Schnabel und dann in seinem langen Hals.

»Willst du noch mehr?«, fragte Paul leise.

Der Strauß schaute ihn durch die Bretterschlitze hindurch an und spreizte seine Federn, nicht viel, aber doch ein wenig. Paul warf das nächste Stückchen zu ihm hinüber. Auch das verschwand nach kurzer Zeit im Schlund des Tieres. Nach dem dritten Stück gewann Paul den Eindruck, als ob der seltsame Vogel zu grinsen anfangen würde. Er sprach sich selbst Mut zu, dann griff er entschlossen nach dem Schloss am Verschlag und öffnete den Riegel. Vorsichtig machte er die Tür einen Spalt breit auf, gerade so viel, dass er hindurchschlüpfen konnte, während der Strauß ihn beobachtete. Mit ausgestreckter Hand ging er zwei Schritte auf ihn zu.

»Da!«

Er hielt ihm das Stück Banane hin. Der Vogel zögerte, ob es wohl das Risiko wert war, aber dann gewann seine Gier Oberhand und er holte sich das Stück aus Pauls offener Hand. Erst jetzt bemerkte dieser, dass der Vogel tatsächlich keine Zähne im

Schnabel hatte. Er konnte also gar nicht »zubeißen«, wie Mischa behauptet hatte, nur zwicken.

Paul reichte ihm das letzte Stück der Südfrucht und der Vogel holte sich auch dieses. Dann verließ er langsam und vorsichtig wieder den Verschlag und verriegelte die Tür. Für heute war es genug. Die Bananen versteckte er in der Sattelkammer unter ein paar Pferdedecken.

Am nächsten Tag war es dasselbe Spiel. Er verfütterte ein, zwei Stück der Banane an den Strauß, dann wagte er sich näher an ihn heran. Am dritten Tag nahm Paul all seinen Mut zusammen und legte mithilfe von Bananenstückchen eine Spur aus dem dunklen, stinkigen Brettergefängnis hinaus in den hellen Hof. Dazu verbrauchte er gleich zwei der kostbaren Madeirafrüchte. Nun war nur noch eine Banane übrig. Der Strauß, der wahrscheinlich zum ersten Mal seit Monaten Luft und Sonne ausgesetzt war, schien zuerst etwas irritiert. Dann aber begann er, als die Früchte vertilgt waren, im Hof nach Steinchen zu scharren, und pickte friedlich hier und da einen Kiesel auf, den er gierig verschlang.

Paul hatte sich zuvor das Zaumzeug zurechtgelegt, das er für das Anspannen des Sulkys brauchte. Im Grunde genommen war ihm das alles noch immer nicht geheuer, aber irgendetwas in ihm trieb ihn dazu, das Risiko einzugehen und es zu versuchen. Die letzte Banane wanderte in kleinen Happen in den Schnabel des Tieres, als er ganz behutsam das Zaumzeug anlegte und dem Vogel zum Schluss eine Art Scheuklappe über den Kopf stülpte. Das Tier ließ alles widerstandslos mit sich geschehen. Schließlich befestigte Paul die Zügel am Sulky.

Genau in diesem Moment kam der alte Hinrichs um die Ecke, die Nase von Bier und Schnaps gerötet.

»Jüngelchen, was tust du denn da?«, rief er erstaunt.

»Nach was schaut es denn aus?«, warf Mischa ein, der gleichfalls hinter Hinrichs aufgetaucht war. Offenbar hatte er heute seinen Vormittagsschlaf ausgelassen und stattdessen Paul hinterherspioniert. »Der will mit dem Untier herumkutschieren.«

Paul antwortete nicht und ließ sich auch sonst nicht irritieren. Vorsichtig hievte er sich in den Sitz des Sulkys und nahm die Zügel in die Hand. Er gab ein leises, schnalzendes Geräusch von sich und Vogel und Reifen setzten sich in Bewegung, blieben aber nach gut vier Metern wieder stehen.

»Da brat mir doch einer 'nen Storch!«, sagte Hinrichs lachend. »Wie hat er das denn angestellt?«

Immer lauter lachte der Alte und plötzlich drängten mehr und mehr Leute in den Hof, um zu sehen, was denn da los war. Nachbarn kamen, Fenster öffneten sich und in kürzester Zeit gab es einen ziemlichen Menschenauflauf. Inmitten all dieses Tohuwabohus thronte Paul oben auf dem Sulky und war stolz, dass er es geschafft hatte, den Strauß dazu zu kriegen, das zu machen, was er von ihm wollte, und ein wenig in Sorge, dass dem Tier der Wirbel um ihn herum zu viel werden könnte. Doch es traute sich ohnehin niemand näher als auf zwei Meter an das Tier heran.

»Junge, was hast du dem denn gegeben, dass er dir aus der Hand frisst, der Riesenvogel?«, wollte der Alte wissen.

Paul grinste und sagte schließlich nur ein Wort: »Bananen.«

Da schlug sich der Alte auf die Schenkel und brüllte: »Ausgerechnet Bananen!«

Und im Nu hob ein ganzer Chor an Leuten an zu singen. *Ausgerechnet Bananen! Bananen verlangt sie von mir!* Jeder, wirklich jeder kannte diesen Schlager. *Aber wie er sich bemüht, gar nichts ist ihr recht, weil sie heute nichts Banales, nur Bananen möcht'* … Und Paul sang mit, bis er mit stolzgeschwellter Brust sich ganz gerade machte, die Zügel anzog, sodass sich der Sulky in Bewegung setzte und er das Gefährt zuerst drei Runden im Hof drehen ließ und es dann hinaus auf die Straße lenkte. Das gab ein Hallo! Überall auf der Ostender kamen die Menschen angelaufen, Männer, Frauen und Kinder, um ihn in seiner Straußenkutsche zu sehen! Die ganze Straße fuhren er und der Vogel ab, bis er schließlich umdrehte und das seltsame Gefährt zurück zum Hof des alten Hinrichs brachte. Paul war es, als würde er fliegen. Er tat, was sie getan hatte und saß dort, wo sie gesessen hatte. Noch nie hatte er sich so frei gefühlt und gleichzeitig so stark. Es war einer der glücklichsten Tage seines Lebens.

Als er am nächsten Morgen gut gelaunt in den Stall kam, war er willens, es noch einmal zu probieren, auch wenn er nun keine Bananen mehr hatte. Doch der Verschlag des Straußes war leer. Paul suchte nach Mischa.

»Wo ist der Vogel?«, fragte er.

Mischa, der gerade dabei war, eine der Pferdeboxen auszumisten, lehnte sich auf seine Mistgabel und grinste böse. »Beim Schlachter.«

»Was?« Paul konnte es nicht fassen.

»War vor einer halben Stunde hier. Hat dem dummen Vogel den Kopf abgesäbelt und ihn mitgenommen. Der macht jetzt keine Sperenzchen mehr, dein Liebling.«

Mischa führte etwas auf, das entfernt an einen exotischen Tanz erinnern sollte.

Paul ließ Mischa einfach stehen, rannte stattdessen zum Büro des Alten und traf ihn auf der Türschwelle an.

»Ist das wahr?«, wollte er wissen.

»Na ja, die dunkle Venus wollte ihr Haustier nicht mehr zurück. Lässt sich jetzt aus dem Leder ein Täschchen schneidern. Und die Federn von dem Vieh trägt sie dann wohl am Po!«

Vor Wut kamen Paul die Tränen. »Seit wann?«, wollte er von dem Alten wissen.

»Ach, Jüngelchen, dass das Vieh geschlachtet wird, wussten wir schon seit Wochen. Hat wohl nicht sehr an ihm gehangen, die gute Josephine. Aber, na ja, wir wollten sehen, wie weit du es mit dem Vogel bringst. Hätte nie gedacht, dass du den noch einmal angespannt kriegst. Alle Achtung, Kleiner, hätte ich dir gar nicht zugetraut!«

Paul schossen die Tränen in die Augen. Er wandte sich ab.

»Bist ein kluger Junge! Aber du musst noch eine Menge lernen. Über Pferde und über das andere auch.« Dann hörte er den Alten in sich hineinglucksend sagen: »Ausgerechnet Bananen …«

Der Kater

Die Bank war noch feucht vom Morgentau, als er sich darauf setzen wollte. Mühsam zog er ein altes Stofftaschentuch hervor, um damit die Tropfen fortzuwischen, damit er das Alpenpanorama von seinem Lieblingsplatz aus genießen konnte. Es dauerte etwas, bis er zufrieden mit dem Ergebnis war, aber dann nahm er endlich vor seinem Haus Platz, während er das klamme Tuch einfach in eine der Ritzen zwischen die Bretter der Holzbank stopfte, um es nachher mit ins Haus zu nehmen.

Schön war es hier! Um diese Uhrzeit war noch alles ruhig und auf der Straße waren nur die Alten unterwegs, die es nicht mehr in den Betten hielt, weil das Leben kurz war und man seine Zeit nicht zwischen all den Sommergästen verbummeln wollte, die, wo auch immer sie auftauchten, lange Schlangen bildeten, in denen man eine halbe Ewigkeit um Milch, Weckerln, Zeitungen oder die Post anstehen musste. So viel Zeit wollten die Alten nicht hergeben, denn so lieb hatten sie den Tourismus nicht gewonnen, als dass sie ihm bereitwillig ihr restliches Leben opferten.

Zufrieden sah er auf den Schatzberg, dessen

Spitze noch unter einer dichten Wolkendecke verborgen war, aber es würde nicht mehr lange dauern, bis sich die Wolken auflösten. Das war alles, was er wollte. In Ruhe gelassen werden und auf die Berge schauen. Er seufzte, ein Ausdruck höchster Schicksalsergebenheit, weil er alt war und klug und weil er es aus seiner Sicht verdient hatte, dass man ihn mit seinem Wissen und seinem Grant auf die Dummheit der Menschen alleine ließ, damit er sich mit ihr nicht mehr befassen musste. Das taten sie hier in Alpbach ja ständig, sich mit der Menschheit befassen. Er wusste nicht, wozu das gut sein sollte.

Mit einem Mal streifte etwas um seine Beine herum. Als er nach unten sah, konnte er in die gelben Augen eines schwarzen Katers blicken, so eines Exemplars, von dem die Leute sagten, dass es Unglück bringe.

»Husch«, sagte er und wedelte nachlässig mit der rechten Hand, »mach, dass du fortkommst! Du haarst mich vollkommen zu.«

Das Tier maunzte einmal kurz, drehte noch einmal drei Runden um seine Beine und sprang dann mit einem Satz neben ihm auf die Bank, wo es damit begann, seinen linken Arm zu beschnuppern.

»Hast du mich nicht gehört? Du sollst verschwinden!«, sagte er ärgerlich. Den Kater interessierte das wenig. Er rieb seinen kleinen Kopf am Ellbogen des Mannes und tapste über seinen Schoß, bis er sich, nach einigem Hin und Her, neben ihn fläzte und seine Pfoten leckte.

»Na, du bist mir ja ein Frecher«, stellte er resigniert fest. Dann aber griff seine Hand, fast unwillkürlich, nach dem weichen schwarzen Fell und er fing an, den Kopf des Tieres sanft zu kraulen, das daraufhin laut schnurrte.

Sie saßen vielleicht drei, vier Minuten so dort, als er bemerkte, dass sie beobachtet wurden. Zwischen den Rhododendronbüschen, die er rechts und links neben dem Gartenzaun beim Eingang gepflanzt hatte, hockte ein kleiner Bub, nicht viel älter als sieben, maximal acht Jahre alt, und beobachtete ihn und den Kater mit angespanntem Gesichtsausdruck. Die Lippen hatte er fest aufeinandergepresst und seine linke Hand schien sich in sein Knie zu verkrallen, während er dort hockte. Sein rechter Arm steckte in einem dicken Gipsverband.

»Was machst du denn zwischen meinen Rhododendren?«, wollte er wissen, erhielt aber keine Antwort. Der Bub hockte einfach nur weiter dort und kniff den Mund zu, wobei er ihn beinahe feindselig ansah.

»Hey, kannst du nicht antworten?«

Nun sah auch der Kater auf und starrte den kleinen Eindringling an. Der erhob sich schließlich und blieb, etwas unschlüssig, zwischen den Büschen stehen.

»Ich passe auf«, antwortete der Kleine schließlich, mit einem unverkennbaren Wiener Akzent. Offenbar handelte es sich um das Kind irgendwelcher Sommergäste.

»So, so. Und auf was passt du da bitteschön auf, während du in meinen Beeten hockst?«, fragte der Mann unwirsch.

Der Bub streckte den heilen Arm aus und deutete mit dem Zeigefinger auf den Kater. »Auf Teddy.«

»Den Kater?«, fragte er und schob die Brille auf seiner Nase nach oben. »Warum musst du denn auf den Kater aufpassen?«

Der Bub zuckte mit den Schultern, wobei sein kleiner Gipsarm merkwürdig ins Schlingern kam. Antwort gab er jedoch keine.

»Komm einmal her, du«, befahl er dem Kleinen, und widerwillig setzte der sich in Bewegung, bis er etwa zwei Meter von der Bank entfernt stehen blieb und weiter mit ernstem Blick auf Mann und Kater schaute.

»Wie heißt du denn?«, fragte er.

»Martin«, sagte das Kind und zog die Nase hoch.

»Also gut, Martin, warum glaubst du, du musst auf einen fremden Kater aufpassen? Oder ist das etwa deiner?«

Der Bub schaute ihm ernst in die Augen, schüttelte kurz den Kopf. »Nein, gehört unserer Wirtin.«

»Aha. Und warum musst du nun auf ihn aufpassen? Du kannst ja kaum auf dich selbst achtgeben.«

Der Kleine nahm seinen ganzen Mut zusammen und antwortete: »Na, weil Sie doch die Katzen umbringen.«

Bass erstaunt ließ er die Hand, mit der er zuvor noch Teddy gekrault hatte, sinken.

»Du glaubst, ich töte Katzen?«, fragte er sicherheitshalber nach.

Das Kind nickte stumm.

Er war sich im ersten Moment nicht sicher, ob er laut loslachen oder einen Wutanfall bekommen sollte. Das war doch wirklich die Höhe! Jetzt erzählten sie schon den Kindern der Sommergäste Schauergeschichten über ihn. Ständig diese Gerüchte wegen der jungen Mädchen und nun das! Dabei war Alpbach seit vielen Jahren Anlaufpunkt für große Geister aus aller Welt. Man hätte meinen können, die Menschen hier seien einem Genie, wie er eines war, gegenüber etwas aufgeschlossener als anderswo. Für Genies galten ja wohl kaum dieselben Regeln wie für Normalsterbliche, weder

Forschung noch Privatleben betreffend, befand er. Aber nein, Nobelpreis hin oder her, am Ende war man doch nur der »Katzenmörder«.

»Das tue ich natürlich nicht«, sagte er entschieden und versuchte, dabei nicht laut zu werden, weil ihn am Ende doch die Wut übermannte. »Ich mag Katzen.«

Aber den kleinen Martin schien das nicht zu überzeugen. »Aber Papa sagt, die Wirtin hat gesagt, Sie stecken Katzen in Kisten und warten, bis sie sterben.«

»So, so«, murmelte er, »sagt sie das, die dumme Kuh?«

Der Kleine wirkte etwas irritiert. Dass ein Erwachsener so offen ein böses Schimpfwort benutzte, war ihm neu.

»Man sollte nicht immer glauben, was die Leute so alles erzählen. Erst recht nicht, wenn sie keine Ahnung von Quantenphysik haben«, murmelte er. Dann schaute er auf den Buben, wie er so dastand, den Gipsarm angewinkelt und trotzdem bereit, jederzeit den Katerretter zu spielen – ein ziemlich mutiger kleiner Bursche.

»Setz dich mal zu mir und Teddy«, bat er ihn. Der zögerte, also fügte er hinzu: »Wenn du dich traust.«

Der Kleine schien zu überlegen, ob es das Risiko wert war, aber dann hockte er sich auf den äußersten Rand der Bank und es dauerte nicht lange und er hob seine gesunde Hand, um damit sanft über den Rücken des Katers zu streichen.

»Was hast du denn mit deinem Arm gemacht?«, wollte er von dem Kind wissen.

»Vom Heuboden gefallen«, antwortete der Bub knapp. Er hielt den Gipsarm leicht nach oben. »Deswegen darf ich auch nicht mit auf den Ausflug. Die anderen gehen heute schwimmen.«

Über das Gesicht des Kleinen lief ein dunkler Schatten aus Groll und Enttäuschung.

»Stromerst du hier deswegen bei dem schönen Wetter herum, weil deine Familie dich heute bei der Wirtin zurückgelassen hat?«

»Ja.«

»Gehst du schon zur Schule?«, forschte er weiter nach.

Martin nickte.

»Aha«, machte er. Dann fragte er weiter: »Hast du schon mal etwas von Physik gehört?«

Der Bub schüttelte den Kopf und er begann zu erklären.

»Also, es ist die Wissenschaft, die alle Gesetze der Natur erforscht. Ich bin Physiker, das heißt, ich erforsche Dinge. Dazu mache ich auch Experimente, allerdings nicht in echt, sondern nur in meinem Kopf. Und in einem davon ging es um eine Katze.«

»Ihre Katze?«, wollte Martin wissen.

»Nein, ich hab gar keine Katze. Ich mag Hunde lieber«, fuhr er fort. »Also, in dem Experiment ging es darum, sich zu überlegen, ob eine Katze in einer Kiste gleichzeitig tot und lebendig ist. Das geht in der realen Welt natürlich nicht. Etwas kann nicht gleichzeitig tot und lebendig sein. Aber solange wir nicht messen, ob sie tot ist oder noch lebt, könnte sie eben beides gleichzeitig sein.« Er schaute das Kind prüfend an. »Verstanden?«

Das Kind nickte energisch mit dem Kopf, sodass seine braunen Locken vor und zurück flogen.

»Wie gesagt, in unserer Realität geht das nicht, dass etwas zwei Zustände gleichzeitig haben kann, die einander ausschließen, aber in der Quantenphysik schon, solange wir nicht gemessen haben, ob die Katze schon tot ist. Verstehst du, was ich sagen will?«

Der Kleine kaute auf seiner Unterlippe herum. »Ist sie verhungert?«

»Wer? Die Katze?«

»Ja.«

»Nein, in dem Experiment wird sie vergiftet.« Er sah in das entsetzte Gesicht des Kindes und ergänzte: »Also, nicht wirklich vergiftet. Es ist nur eine ausgedachte Katze, verstehst du?«

»Ja.«

Er war sich ziemlich sicher, dass der Bub es nicht verstanden hatte. Teddy ließ sich derweil genüsslich den Hals kraulen. Ihn schien das Gerede über tote Katzen in Kisten nicht im Mindesten zu stören. Stattdessen drehte er sich nun voll Vertrauen auf den Rücken, damit die zwei seinen Bauch streicheln konnten, und schnurrte dazu noch ziemlich laut.

»Er mag Sie«, stellte Martin überrascht fest.

»Ja, scheint ganz so zu sein.«

Er seufzte. Eigentlich war das alles nicht so wichtig. Es war gut, hier zu sitzen, auf seiner Bank, vor seinem Haus, und ein bisschen Gesellschaft zu haben.

»Das ist so wie mit meinem Arm«, sagte das Kind. »Der kann auch nicht gebrochen sein und gleichzeitig heil. Richtig?«

»Ganz genau«, bestätigte er.

»Und die Berge hinter den Wolken«, sagte der Bub, »die sind auch nicht da und gleichzeitig weg.«

Sie starrten gemeinsam auf das Bergpanorama. Irgendwo klingelte ein Fahrradfahrer sich seinen Weg frei und von weit her war das Brummen eines Automotors zu hören. Schließlich kam die Sonne zum Vorschein und löste nach und nach die Wolken auf.

Eine ganze Weile saßen die drei, Mann, Kind und Tier, so nebeneinander auf der Bank, schweigend, weil es nichts mehr zu sagen oder zu erklären gab. Schließlich war aus dem Inneren des Hauses deutlich ein Bellen zu vernehmen. Der Kater sprang abrupt von der Bank und lief davon.

»Das sind meine Hunde«, erklärte er dem Kind. »Sie sind im Haus.«

»Vielleicht«, sagte Martin nach einer Weile, »sollten Sie beim nächsten Mal einen ausgedachten Hund in die Kiste stecken.«

Da lachte er, vielleicht zum ersten Mal seit vielen Wochen.

»Ich fürchte, dann jagen sie mich aus dem Dorf hinaus.«

Martin sprang von der Bank auf, winkte ihm kurz mit dem gesunden Arm zu und sagte: »Ich muss jetzt gehen.«

»War schön, mit dir zu plaudern.«

»Ja«, stimmte ihm der Bub zu und rannte den Weg zum Gartentor hinunter. »Auf Wiedersehen!«

»Auf Wiedersehen, Martin«, rief er ihm nach.

Mit einem Mal saß er ganz alleine dort, auf der Bank, vor seinem Haus und die Berge lagen vor ihm, mächtig, still und einsam. Er sollte vielleicht ins Haus gehen, allmählich wurde es ihm draußen in der Sonne zu warm. Aber er blieb einfach sitzen, betrachtete den Platz, auf dem zuvor Kater und Kind gesessen hatten, und rührte sich nicht.

Der Gänserich

Auf dem Hof gab es ein Zimmer, das wurde zu nichts anderem genutzt, als dass der Vater dort seinen Mittagsschlaf halten konnte. Und weil er der Ansicht war, dass kleine Kinder ebenso dringend einer Mittagsstunde bedurften wie müde Väter, nahm er die zwei Jüngsten mit in das alte Kontor, in dem früher die Pastoren ihre Sprechstunden abgehalten hatten und das nun ein komfortables Ledersofa beherbergte sowie ein Kinderbett und allerlei anderen Krimskrams.

Wenn sich sommers die Mittagshitze auf den Hof legte, dann heizten sich die Räume kräftig auf und wurden so zum liebsten Ort für alle Fliegen des Hofs, die sonst so gerne mit ihrem Gebrumm um die Köpfe und Hintern der Kühe herumschwirrten. Jetzt waren sie alle in diesem einen Raum versammelt und spielten ihr übliches Spiel mit Vater und Kindern, sodass sich die Mädchen ihre Schürzen auszogen und dem Vater, der mit einem Handtuch bewaffnet war, zur Hand gingen, die Fliegen zu vertreiben. Als endlich alle bis auf eine, die sie für besonders klug hielten, aus dem Kontor vertrieben waren und die Mädchen genug auf Sofa und müdem Vater herumgesprungen waren, mussten sie sich in ihr Kinderbett legen und die Augen zumachen. Nicht lange und vom Sofa war ein tiefes, zufriedenes Schnarchen zu vernehmen, das es den Mädchen ganz und gar unmöglich machte einzuschlafen. Doch wenn man lange genug die Bilder an der Wand, die Streifen im Teppich und die Fliegen angeschaut hatte, dann konnte es geschehen, dass einem die Augen zufielen.

Der kleinen Schwester Gerda sanken die Lider schließlich herab und irgendwann konnte sie spüren, dass ihre Ärmchen und Beinchen erschlafften und sie ruhig und tief atmete. Nur sie selbst lag noch immer wach, die schlafende Schwester neben sich und den schnarchenden Vater gegenüber, während sie, so hatte man es ihr gesagt, schön brav liegen bleiben sollte. Das aber fiel ihr nun mit jeder Minute schwerer.

Es war noch nicht lange her, da hatte sie ihre Beine nicht rühren können, keinen Meter hätten sie die eigenen Füße durch die Welt getragen. Erst seit letztem Sommer, als sie lange mit der Familie in Strömstadt weilten, bis, wie durch ein Wunder, ihre Beine das Laufen wieder erlernten, konnte sie sich wieder frei bewegen und musste nun nicht mehr getragen werden, was ein großes Glück war. So sagten es jedenfalls alle auf dem Hof, die Mutter, der Vater, die Tante, der Bruder, die Schwester und alle anderen: Was für ein großes Glück, dass unsere kleine Selma wieder gehen kann! Es gab aber etwas, das sie nicht begreifen konnten, nämlich wie schwer es war, nun, da die Beine wieder machten, was sie sollten, still zu halten, ganz so, als hätten die Beine fortan ein Eigenleben.

Selma wollte ja gerne tun, was der Vater ihr sagte, und wenn er sprach, dass sie sich hinlegen und schlafen sollten, weil kleine Kinder zu Mittag das nun einmal taten, da dachte sie immer, dass sie selbst das sehr gerne getan hätte, nur waren ihre Beine da anderer Meinung, ganz besonders an den Tagen, an denen draußen die Vögel zwitscherten, die Sonne schien, sie die Stimmen der großen Geschwister beim Spiel hören konnte und die Preiselbeeren reif waren. Da nahmen die Beine irgendwann Reißaus, sosehr der Kopf ihnen auch befahl, still im Bett neben der kleinen Schwester zu liegen. Und obwohl es verboten war, schwang Selma die nackten Füße aus dem Kinderbett, bat die große Brummfliege in Gedanken, sie nicht zu verraten, und schlüpfte leise aus dem Kontor in die Freiheit eines Värmlander Augustnachmittags.

Von den Geschwistern war nichts mehr zu sehen oder zu hören. Sie hatten ihr Spiel wohl in den Wald verlegt und das war Selma nur recht, denn dann hatte sie die ganzen Preiselbeeren für sich allein. Also stapfte sie mit nackten Füßen in Richtung der Stelle, an der sie die meisten vermutete, und hockte sich schließlich ins Moos. Doch mehr als eine kleine Kinderhand voll, nicht größer als die von Gerda, als sie noch keine Zähne im Mund hatte, war nicht zu finden, weil die Geschwister schon alles abgeerntet hatten. Sie stopfte sich alle sauren Beeren auf einmal in den Mund, schluckte und ließ sich dann, die Hände hinter dem Kopf verschränkt, einfach ins Moos fallen, um den Himmel zu betrachten.

Nun gibt es ja nichts Schöneres, als in Moos und Heide liegend den blauen Himmel anzuschauen, wenn um einen herum die Bienen summen, die Schmetterlinge fliegen und die Käfer krabbeln und in Selma kam der Gedanke auf, wie lustig es wäre, wenn stattdessen die Bienen brummen, die Käfer fliegen und die Schmetterlinge summen würden. Vielleicht sprachen sie ja die Sprache der anderen Tiere der Wiese? Immerhin lebten sie doch alle am selben Ort! Wäre es da nicht merkwürdig, wenn sich Bienen, Schmetterlinge und Käfer nicht verständigen könnten? Und die Ameisen, fiel Selma ein, was war mit den Ameisen? Ganz zu schweigen von den ekligen Ohrenkneifern, die sie zwar anschauen mochte, weil sie so herrlich gruselig aussahen, aber denen sie dennoch aus dem Weg ging, so gut sie konnte.

All diese Gedanken machte sich Selma, während sie dort lag und die schönste Wolke am Himmel suchte. Die schönsten waren stets die, die aussahen wie ein Schaf. Auch wenn der Vater ihr schon oft erklärt hatte, dass Wolken aus Wassertropfen bestanden, so konnte Selma doch nicht begreifen, dass es keine Wasserschafe sein sollten, dicke, weiche, warme Schafe aus Wollwasser, das nur am Himmel existierte.

Während sie so dalag und den Himmel über sich betrachtete, den Insekten zuhörte und den Duft der nahen Kiefern einsog, an denen das Harz golden hinabglitt und klebrige Tropfen bildete, die doch viele, viele Jahrtausende brauchen würden, wie man ihr erzählt hatte, bis sie zu echtem Bernstein geworden waren, da ergab es sich, dass sie plötzlich Gesellschaft bekam.

Auf dem Hof gab es viele Tiere, darunter auch eine kleine Schar weißer Gänse. Die tapsten den lieben langen Tag auf dem Hof herum und fraßen die Schnecken aus dem Garten der Tante, was ein Segen war. Aber man ging ihnen dennoch besser aus dem Weg, denn man konnte nie sicher sein, ob sie nicht den freundlich ausgestreckten kleinen Finger einer Kinderhand, der ihnen nichts Böses wollte und nur die Daunen einmal kurz zu berühren wünschte, fest zwicken würden. Gänse, so sagte die Tante oft, waren garstige Wesen und es geschah ihnen recht, dass sie als Braten endeten. Das fand Selma höchst unfein von der Tante, weil ihr doch die Gänse im Garten mit den Schnecken halfen. Da hätte man schon ein bisschen Dankbarkeit erwarten können.

Dieser Gänserich aber, der sich in Selmas Nähe verirrt hatte, beachtete sie gar nicht. Stattdessen schien er ein Schwätzchen mit den Insekten zu halten, weil er quakend und schnatternd vor sich hin plapperte und nur hin und wieder nach etwas Essbarem schnappte, das sich dann doch nur als Steinchen entpuppte. Schließlich ließ er sich unweit von Selmas Füßen nieder und hockte fortan dort als weißer Fleck in der Landschaft.

Seine schönen Federn leuchteten hell und Selma musste die Augen zusammenkneifen, damit es ihr nicht wehtat, das Tier zu betrachten. Es war das reinste Weiß, das man sich nur vorstellen konnte, und hätte sie nicht die warnende Stimme der Tante Lovisa im Ohr gehabt, so hätte sie es vielleicht gewagt, die Hand auszustrecken und den Gänserich zu berühren. So aber konnte sie sich kaum sattsehen und freute sich daran, dass sie Gesellschaft hatte.

Irgendwann wurde sie doch müde, wie sie dort lag und Himmel und Tiere und Wolken betrachtete. Sie schloss für einen Moment die Augen und nickte ein. Das Nächste, was sie wahrnahm, war ein leises Rufen. Abrupt setzte sie sich auf. Es musste schon später Nachmittag sein, denn das Licht war nicht mehr gar so hell und gleißend. Selma konnte hören, wie die Stimmen langsam näher kamen, aber sie waren immer noch ziemlich weit entfernt. Doch auch etwas anderes näherte sich ihr in diesem Augenblick. Aus dem Wald heraus trat nämlich ein großer Hund, so einer mit hellen Augen und grauem Fell. Er wirkte nicht freundlich, so wie der Hund des Pastors, den sie manchmal an Sonntagen vor dem Gottesdienst streicheln durfte, nein, ganz und gar nicht, sodass sie es auf einmal mit der Angst zu tun bekam. Der Hund beobachtete sie und Selma senkte den Blick, weil ihr das der große Bruder so beigebracht hatte. Schaut dich ein böser Hund an, dann schau nicht zurück. Vielleicht lässt er dich dann in Ruhe. Aber dieser hier ging nicht wieder fort, stattdessen fixierte er sie mit grimmigem Blick. Selmas Herz schlug plötzlich ganz schnell, doch rühren konnte sie keinen Muskel.

Als der Hund eine Pfote voran aus dem Wald treten wollte, sprang plötzlich der Gänserich auf, der die ganze Zeit über in ihrer Nähe geruht hatte, und rannte, zu Selmas großer Überraschung, auf das Tier zu, fauchte und schlug mit den Flügeln. Der Hund zögerte nicht lange und machte kehrt. Der Gänserich hatte ihn in die Flucht geschlagen!

»Selma, Kind, da bist du ja!«, rief mit einem Mal die wohlvertraute Stimme des Vaters hinter ihr, der jetzt auf die Heide trat, sie brauchte nur die Hände auszustrecken und er hob sie vom Boden auf, barg sie in seinen Armen und hielt sie ganz fest. »Ein großer Wolfshund streunt hier herum, hat uns grad der Nachbar erzählt. Gestern hat er mehrere Hühner bei ihm gerissen und wohl auch ein Lämmchen.«

Und dann erzählte er ihr, welche Angst er um sie gehabt hatte, als er aus der Mittagsruhe erwachte und sie nicht in ihrem Bettchen gelegen war. Da hatte man einen Suchtrupp aus Geschwistern und Tante und Mutter und Schwester und noch allen anderen Menschen auf Mårbacka zusammengestellt und war losgezogen, sie zu suchen, aber gefunden hatte man sie erst jetzt, weil die Gans so sehr gefaucht hatte. Dem Fauchen war nun der Vater nachgegangen und siehe da, hier saß sein Kind wohlbehalten inmitten in der Preiselbeeren.

Der Gänserich stolzierte derweil aufgeregt am Waldesrand entlang, aber der böse Hund zeigte sich nicht mehr. Schnell beeilte sie sich, dem Vater von seiner Heldentat zu erzählen und der Vater hörte mit großen Augen zu, wie sie von ihrem gefiederten Freund beschützt worden war und sie fing an zu weinen und zu stammeln, dass man ihn doch unmöglich in einen Braten verwandeln konnte, denn er sei von nun an ihr Freund. Ja, sagte da der Vater und nickte, so sei es. Der Gänserich, der seine kleine Tochter gerettet hatte, sollte nie und nimmer auf den Tellern der Familie Lagerlöf enden. Stattdessen bekäme er sein Gnadenbrot bis in alle Ewigkeiten, oder wie lange so ein Gänseleben eben dauern mochte, auf Mårbacka. Da wurde ihr Herz ganz froh, bis Selma wieder einfiel, dass sie sich ja heimlich aus dem Kontor geschlichen hatte und dass der Vater ihr dies doch verboten hatte. Vor schlechtem Gewissen traten erneut Tränen in ihre Augen.

Der Vater aber gab der Tochter nur einen Kuss auf die Wange und verbot ihr zu weinen, weil man doch feiern und fröhlich sein sollte, weil schließlich niemandem etwas passiert war. Er schwang das Kind geschickt auf seine Schultern und ging so mit ihr zum Haus zurück, wo es ein großes Hallo von allen Seiten gab. Alle waren erleichtert, dass die Kleine nicht vom bösen Wolfshund in den Wald verschleppt oder gar gebissen worden war, und da konnte man ja nur froh sein und hatte keine Zeit mehr für Ärger oder Schimpfen oder gar Strafen. Stattdessen bewunderte man den treuen Gänserich und schwor hoch und heilig, ihn niemals zu Weihnachten zu essen, was auch gar nicht möglich gewesen wäre, denn wider Erwarten verschwand der brave Gänserich im Herbst und kehrte erst im Frühling wieder zurück. Er war wohl mit den Wildgänsen davongeflogen. Bei so einer außergewöhnlichen Gans war das auch kein Wunder, sagte da der Vater und Selma freute sich, als ihr Freund wieder da war, denn wer einen Gänserich zum Freund hatte, dem konnte nichts und niemand etwas anhaben.

Briefe an Cassandra

Meine innigst geliebte Cassandra,
Du fragst mich nach Neuigkeiten und ich weiß nicht, was ich Dir schreiben soll. Ich weiß ja, was Du hören willst, denn auch ich will von nichts anderem sprechen, aber in den vergangenen Tagen hat sich keinerlei Gelegenheit ergeben, mit ihm zu reden. Lediglich ein kurzer Blick aus einem Fenster in den Garten, wo er sich aufhielt, war mir möglich, doch ich zu schüchtern, auf mich aufmerksam zu machen. Eines der Kinder hat mich, die Spionin am Fenster, schließlich entdeckt und mir zugewunken. Von ihm ein Kopfnicken, das alles verriet und nichts. Ich schreibe Dir wieder, wenn ich mehr weiß. Bis dahin behalte mich lieb,
Deine Jane

Derselbe Abend
Cassandra, ich sprach ihn, beim Ball der Lady Witherford (grässlich viele Leute, heiß, laut, eine Tortur!!!). Er tanzte mit mir, seine Hand auf meinem Rücken, ich spüre die Finger noch immer auf meiner Haut brennen. Ich schwöre, ein einziger weiterer Tanz und ich wäre in Ohnmacht gefallen! Seine Nähe macht

mich wirr und glücklich und trunken (vielleicht taten die zwei Gläser des Roten von Lady Witherford auch das Ihre dazu – teuflisches Zeug!). Er bedankte sich bei mir für die Hilfe für sein Kind und hielt nach dem Tanz meine Hand eine Sekunde länger als nötig. Ich schwebe, Cassandra, ich schwebe!

Nächster Morgen

P. S.: Konnte die Nacht über kaum schlafen. Die Sommerluft war ungewöhnlich drückend. Bin in aller Herrgottsfrühe in den Garten hinuntergegangen und plötzlich er (!), auf der anderen Seite. Ein Moment für Pyramus und Thisbe. Er ganz der Meine, für einen kurzen Augenblick, ich die Seine. So erreichte meine Stimme ihn durch das Geäst des Flieders und seine Stimme mich auf demselben Wege. Glückseliges Flüstern! Was wir sprachen? Ich erinnere mich an kein einziges Wort, Schwesterherz, und das ist die reine Wahrheit. Ich erinnere nur den Klang seiner Stimme. Ich kann nicht mehr schreiben oder es würde mich vor Glück schier zerfetzen. Komm bald! Komm, liebe Schwester! Ohne Dich ist es nicht auszuhalten. Küsse!

Freischwimmer

Er war die ganze Strecke zu Fuß gegangen, um möglichst früh dort zu sein. Er schaute auf die große Uhr über den Umkleidekabinen. Es war fünf nach halb sieben. Außer ihm war kein anderer Besucher im Freibad. Ganz allein stand er in seiner roten Badehose vor dem Schwimmerbecken. Er holte einmal tief Luft, so wie Kinder ein letztes Mal tief Luft holen, bevor sie in ein Schulgebäude hineingehen, weil sie wissen, dass sie erst dann wieder frei atmen können, wenn der Unterricht vorbei ist.

Er maß die Bahn mit den Augen ab. Fünfzig Meter waren ihm noch nie so lang vorgekommen. Aber zu kneifen war keine Option. Der Arzt hatte gesagt, Schwimmen sei gut für den Kreislauf. Deshalb war er jetzt hier.

Der Bademeister hatte ihn hereingelassen und sich dabei kurz vor ihm verbeugt. Der Mann war gut fünfzig Jahre alt und hatte schon eine deutliche Glatze, aber vor ihm machten sie alle einen Diener.

»Schön, dass Sie uns beehren!«

»Ja, finde ich auch«, stimmte er ihm zu, obwohl er definitiv nicht zum Vergnügen hier war. »Und danke, dass Sie mich reinlassen. Ist ja noch gar nicht offen.«

»Für Sie immer!«, sagte der Bademeister und verbeugte sich gleich noch ein zweites Mal.

Er wünschte ihm einen guten Tag und ging weiter zu den Umkleidekabinen. Der Chlorgeruch am Morgen war geradezu infernalisch, allerdings durchzogen von einem Hauch Zitrusfrische. So roch ein keimfreier Sommermorgen.

Die Zeiten, in denen er mit einem Kopfsprung ins Wasser gehüpft wäre, die waren schon lange vorbei. Stattdessen nahm er die Leiter. Er hielt sich gut fest. Das war wichtig, sich gut festzuhalten. Er kannte zu viele Menschen seines Alters, die im Bad ausgerutscht waren und sich dann mit einem Oberschenkelhalsbruch baldigst aus dem Leben verabschiedet hatten. Das sollte ihm nicht passieren. Er wollte hundert werden. Er würde hundert werden. Aufzugeben war seine Sache nicht. Das hatte er noch nie getan und damit würde er jetzt ganz sicher nicht anfangen.

Das Wasser war erstaunlich warm, wärmer als die Luft. Er machte die Arme lang und stieß sich mit den Füßen vom Boden ab. Zug um Zug bewegte er sich durch das Wasser, unter sich den schwarzen Balken seiner Bahn. Blickte, so gut es ging, nach vorne, bewegte sich immer aufs Ziel zu. Angekommen, drehte er gleich wieder um. Einhundert Meter, zweihundert Meter, dreihundert … Bei vierhundertfünfzig Metern machte er Schluss, stieg die Leiter hinauf. Wo hatte er noch das Handtuch hingelegt?

Ihm war heiß von der Anstrengung und kalt von der Morgenluft. Das konnte unmöglich gesund sein, heiß und kalt gleichzeitig. Das ging nicht gut zusammen. Wenn etwas funktionieren sollte, dann musste es passen. So wie er und Anny. Das hatte gepasst, viele Jahre lang. Bis sie gestorben war. Jetzt passte gar nichts mehr.

»Sie können sich nicht vor der Welt verkriechen.«

»Mach ich doch gar nicht, Herr Doktor.«

»Haben Sie nicht dem Freibad diese Rutsche gespendet?«

»Ja, wegen der Kinder.«

»Wegen welcher Kinder?«

»Der Kinder, die im Sommer zu Hause bleiben müssen. Sollen doch auch was vom Sommer haben. Die haben ja nur das örtliche Freibad.«

»Das war sehr großzügig von Ihnen. Wie wäre es, wenn Sie dort selbst ein paar Bahnen schwimmen würden, jeden Tag? Das sollte helfen.«

Wogegen sollte das helfen? Dass er nicht jeden Tag an Anny dachte? Dass er endlich ihre Sachen aussortierte? Hingen alle noch im Schrank.

Manchmal öffnete er den und sog nur ihren Geruch ein. Seine ganzen Trophäen, die Medaillen und Urkunden, die schaute er so gut wie nie an, aber an Annys Schrank ging er jeden Tag. Dann schloss er die Augen und atmete sie ein.

Sein Handtuch hatte er auf einer der Bänke abgelegt. Er griff danach, rubbelte erst sein Gesicht, dann die Brust und schließlich die Oberarme ab. Früher, dachte er, hatte da immer einer gestanden. Wenn es im Ring eine Pause gab, stand immer einer mit einem Handtuch bereit und wischte ihm den Schweiß und das Blut aus dem Gesicht. Das kann man mit den Handschuhen nämlich nicht. Meistens hatte das sein Trainer gemacht, manchmal aber auch ein Assistent. Die Handtücher waren immer weich gewesen. Dieses hier war auch weich und roch zudem nach Blumen. Es war dennoch nicht dasselbe.

Er legte sich das nasse Handtuch über die breiten Schultern, dann blickte er sich um. Da waren das Nichtschwimmerbecken, die Sprungtürme, die Umkleiden und Duschen und nicht zuletzt die große Rutsche, die sie nach ihm benannt hatten, weil er dem Hollenstedter Freibad einen hohen Geldbetrag hatte zukommen lassen, damit sie sie bauen konnten. Rot war sie und hoch und nach allem, was er so gehört hatte, schien sie den Kindern

Spaß zu machen. Als er jetzt nach oben schaute, zum Ende der Treppe, über die man zur Rutsche hinaufstieg, entdeckte er zu seiner Überraschung ein kleines Mädchen, vielleicht fünf oder sechs Jahre alt, das sich zitternd in einem türkis-gelben Badeanzug am Geländer festhielt und ein ausgesprochen düsteres Gesicht machte. Reflexartig sah er sich nach den Eltern der Kleinen um, aber da war niemand. Es war gerade erst sieben Uhr. Das Bad würde überhaupt erst in zwei Stunden öffnen. Wo zum Kuckuck kam dieses Kind her?

»Hey, Kleine, was machst du denn da so ganz allein?«

Das Mädchen strich sich ihre langen brünetten Haare hinter die kleinen Segelohren und sagte keinen Ton. Stattdessen starrte sie den alten Mann in der roten Badehose an, so als störte er sie bei etwas sehr Wichtigem. Es war ganz offensichtlich, dass sie sich bei dem, was sie vorhatte, keine Zuschauer wünschte.

»Wo ist denn deine Mama?«, rief er hinauf.

Die Kleine zuckte nur mit den Schultern. Irgendwo musste hier doch ein Erwachsener sein. Das Kind war nicht über den Zaun geflogen!

»Komm du mal besser runter!«, forderte er die Kleine auf. »Ich glaub nicht, dass du da alleine rauf sollst!«

Wieder schüttelte die Kleine den Kopf und machte einen Schritt vom Geländer weg auf den Eingang zum Wasserkanal zu.

»Kannst du überhaupt schon schwimmen?«, rief er besorgt.

Da drehte das Mädchen noch einmal den Kopf zu ihm und antwortete: »Nein. Aber aufgeben is nich'.«

Das imponierte ihm. So klein sie war, man konnte deutlich sehen, dass sie einen eigenen Willen hatte, stark und trotzig. Also tat er nichts. Er ging ihr nicht hinterher, er befahl ihr nicht weiter, herunterzukommen, er schimpfte nicht, er flehte nicht, er sagte nur drei kleine Wörter in die Stille des Morgens hinein: »Dann mach mal.«

Ein Atemzug, ein zweiter, ein Plätschern, ein Schwung und weg war sie. Mit klopfendem Herzen verfolgte er den kleinen Schatten des Mädchens, wie sie, Füße voran, durch die rote Plastikröhre rutschte, um dann, am Ende, mit einem Platscher im Nichtschwimmerbecken zu landen. Zwei Sekunden später tauchte sie aus dem Wasser auf und bewegte sich mit den Händen paddelnd wie ein Hund auf den Beckenrand zu, wo sie aus dem Wasser herauskrabbelte. Er konnte nicht anders, er musste etwas sagen.

»Toll hast du das gemacht!«, lobte er das Kind.

»Hast du denn gar keine Angst gehabt, von so hoch oben nach so weit unten zu rutschen?«

Die Kleine, die in der kalten Morgenluft stand und leicht zitterte, zuckte nur mit den Schultern und antwortete so, als hätte sie den Satz auswendig gelernt: »Das Herz eines Boxers muss alles vergessen!« Dann musterte sie ihn aus vom Chlorwasser leicht geröteten Augen und fragte: »Und du? Traust du dich das auch?«

Da stutzte er. Das hatte ihm Joe Louis auch zugeraunt, damals, vor ihrem Kampf 1936. Und dann hatte er ihn k. o. geschlagen. Also richtete er sich jetzt zu seiner vollen Größe auf und sagte freundlich, aber bestimmt: »Ich werde bald vierundachtzig Jahre alt. Ich muss mich so etwas nicht mehr trauen.«

Die Kleine schaute ihn mit dem ganzen Hochmut ihrer Kinderjahre an und sagte nur ein Wort: »Feigling.« Schon drehte sie sich um und rannte davon in Richtung Umkleidekabinen, wo sie aus seinem Blickfeld verschwand.

So stand er also in seiner roten Badehose im Morgendunst im Hollenstedter Freibad und wusste gar nicht, wie ihm geschah. Feigling – das ließ er nicht auf sich sitzen.

Zunächst sah er sich um, ob ihn in diesem Moment auch ja niemand beobachtete. Dann warf er kurzerhand das Handtuch von den Schultern und stieg, die Hände immer fest am Geländer, die Treppe hinauf. Schließlich setzte er sich in den Wasserstrom und stieß sich ab.

Die Hose bremste etwas, aber er kam recht zügig voran, haute sich jedoch im unteren Drittel das Steißbein an den Übergängen der Röhrenteile leicht an und verspürte einen jähen Schmerz. Am Ende spülte es ihn in das Becken und er schluckte eine gehörige Menge Chlorwasser. Prustend kam er wieder zum Vorschein, schwamm bis zum Beckenrand und kletterte wieder heraus. Langsam, um nicht noch den einen oder anderen Wirbel zu beleidigen, beugte er sich hinunter, griff nach seinem Handtuch und rubbelte sich nochmals von oben bis unten ab. Und da geschah es: Auf einmal lachte er in sich hinein, so als hätte er gerade eben einen besonders gelungenen Witz gemacht: Max Schmeling hatte die Max-Schmeling-Rutsche eingeweiht.

Er schüttelte das schwarz gefärbte, schon recht schüttere Haar, ging mit schweren Schritten zurück zu seinen Sachen, zog sich um, pfiff dabei sogar ein Lied und grüßte beim Hinausgehen den Bademeister freundlich, indem er sich an die Stirn tippte.

»Habe die Ehre«, sagte er.

»Einen schönen Tag noch!«, wünschte ihm der Mann.

Er war schon hinter dem Drehkreuz, als ihm der Bademeister nachrief: »Und, wie war Ihre Rutsche?«

Für einen Moment zögerte er, peinlich berührt davon, dass man ihn also doch gesehen hatte. Aber dann: »Nicht schlecht«, gab er zu, obwohl er sein Steißbein immer noch spürte, »gar nicht mal so schlecht.«

Er grüßte den Bademeister noch ein letztes Mal und steuerte im Anschluss auf den Bäckerladen zu, wo er sich seine Brötchen und seine Zeitung kaufen wollte, so wie er es oft tat. Dabei pfiff er leise vor sich hin und sang schließlich ein paar Zeilen, sodass nur die Spatzen im Busch am Wegesrand ihn verstehen konnten: »Das Herz eines Boxers …«

Martha's Vineyard

Im Wesleyan Grove in Oaks Bluffs gab es eine ganze Reihe alter Cottages. Die Häuser sahen aus, als kämen sie direkt aus der Grimm'schen Märchenwelt. Man hätte annehmen können, sie seien aus Lebkuchen, mit Zuckerglasur. Eine picksüße Idylle. Er war sich nicht sicher, ob diese Hexenhäuschen die richtige Kulisse für das waren, was er vorhatte. Niemand hatte in Lebkuchenhäusern mit Fensterrahmen aus Zucker ungehemmten Sex. Auf der anderen Seite – wen scherte bei dieser Hauptdarstellerin schon das Bühnenbild? Lästig war ja sowieso nur das Hinterher. Da musste man immer überlegen, was man der Ehefrau erzählte – und was nicht. Die Aussicht auf ein Stelldichein mit *ihr* war allerdings zu verlockend gewesen. Also war er mit dem Auto von Hyannis bis Falmouth gefahren und von dort mit einem Motorboot nach Martha's Vineyard übergesetzt, im Schlepptau eine kleine Meute des Secret Service, die sich, gottlob, im Hintergrund hielten. Er kam an, als die Sonne gerade unterging.

Sie hatte ihn angerufen und so getan, als wäre der Entschluss, hierherzukommen, ein spontaner gewesen und als hätte sie nicht schon Wochen im Vorhinein alles bis ins Detail geplant, bis hin zu ihrer Unterwäsche. Schwarze Seide, die hatte er gern. Jackie trug bestimmt immer nur weiße. Allerdings war auch ihr bewusst, dass die Wäsche für eine Nacht in einem Liebesversteck mit dem Namen »Klönschnack« vielleicht etwas zu viel des Guten war.

Das Haus gehörte einem ihrer Freunde, wenn man ihn denn so nennen wollte. Er war eine mittelgroße Nummer in Hollywood und ihr noch einen Gefallen schuldig. Also sagte er Ja, als sie ihn fragte, ob sie das Haus für einige Tage nutzen könne. Wofür sie es zu nutzen beabsichtigte, das hatte sie ihm nicht gesagt. Sie hatte einige Dinge in eine Reisetasche geworfen, obwohl sie sich ziemlich sicher war, dass sie weder einen Pullover noch ein schönes Kleid brauchen würde, weil sie ohnehin beabsichtigte, die meiste Zeit nackt zu bleiben. Dann war sie losgefahren, ganz allein, von New York bis Falmouth, mit einer Perücke auf dem Kopf, damit sie niemand an den platinblonden Haaren erkennen konnte, hatte am Hafen fünf Flaschen Beaujolais gekauft und ihn noch auf dem Festland von einem der öffentlichen Münzfernsprecher aus angerufen. Er hatte sofort Ja gesagt. Sie hatte sich, nachdem sie mit der Fähre übergesetzt war, gleich zum Haus aufgemacht, sich dort zwei Stunden in die Badewanne gelegt, im Anschluss einen schlichten schwarzen Rollkragenpullover übergestreift und war in eine enge schwarze Hose geschlüpft. Außer einem knallroten Lippenstift trug sie kaum Make-up. So zurechtgemacht, stets ein halb leeres Glas Wein in der Hand, strich sie die folgenden Stunden um das Fenster herum, um ihn nur ja nicht zu verpassen. Sie wollte ihm dabei zuschauen, wie er die Straße entlangging. Keine Sekunde wollte sie missen. Und wenn er morgen wieder ging, dann würde sie wieder am Fenster stehen, um ihm noch bis zur letzten Sekunde nachzusehen, bis er zwischen den Bäumen der großen Allee aus ihrem Blickfeld verschwinden würde.

Er ließ sich Zeit. Sorgfältig knotete er das Boot fest, deckte alles mit einer Plane ab, zurrte die Pinne zurecht, schloss die Kajüte ab und drehte sich am Steg noch einmal um, damit er auch ganz sichergehen konnte, dass mit dem Boot alles in Ordnung war. Erst dann begann er, langsam schlendernd, den Weg zum Haus einzuschlagen. Diese wenigen Minuten, bevor er in ihren Armen lag, waren die schönsten des ganzen Tages, die Vorfreude auf das, was folgen sollte. Ruhig ging er an den letzten Feriengästen vorbei, die jetzt noch bei den Anlegern waren. Die meisten hatten sich schon in die Bars und Restaurants am Hafen zurückgezogen, tranken und lachten, sodass ihre Stimmen bis weit hinaus aufs Wasser getragen wurden. Martha's Vineyard empfing seine Gäste mit einer leichten Abendbrise und dem Geruch frittierten Hummers.

Zügig ging er weiter, eine Schiebermütze ins Gesicht gezogen, damit er nicht erkannt wurde. Als er in die Straße einbog, in der das Zuckerhaus stand, begegnete er niemandem mehr außer einem streunenden Hund, der kurz sein Knie beschnüffelte und dann, freundlich wedelnd, weiterstromerte. Er zupfte einen Grashalm mit der rechten Hand vom Wegesrand ab, steckte ihn sich in den Mund und kaute darauf herum. Vor der Gartenpforte warf er ihn wieder beiseite, ging die paar Schritte bis zum Haus und wollte gerade die Hand heben, um zu klopfen, als sie schwungvoll die Tür aufriss und ihn hineinzog.

Dass es insgesamt kaum drei Minuten dauerte, lag nur an der Tatsache, dass er sich schwer damit tat, ihr die engen Hosen auszuziehen. Sonst wären sie womöglich noch schneller fertig gewesen. Denn kaum hatte er die Eingangstür hinter sich zugeschlagen, warf sie sich schon an seinen Hals, küsste er sie leidenschaftlich auf den rot geschminkten Mund und kamen sie noch im Hausflur auf der mit Teppich beschlagenen Treppe zur Sache. Von Zurückhaltung, Vorfreude oder gar so etwas wie einem Vorspiel war nicht mehr die Rede. Gleich nachdem er fertig war, richtete er sich auf, half auch ihr hoch, knöpfte sich die Hose zu und sagte schließlich: »Hi!«

»Hi!«, erwiderte sie.

Beide lachten verlegen, weil ihnen mit einem Mal bewusst wurde, dass sie das, worauf es ihnen angekommen war, bereits hinter sich hatten und nun eine ganze Nacht vor ihnen lag, unendlich lange Stunden, die es totzuschlagen galt.

Natürlich gab es die Möglichkeit zu schlafen, aber um das zu tun, schluckte sie im Normalfall ihre Pillen und die hatte sie in der Aufregung in New York vergessen. Allerdings konnte sie sich auch nicht erinnern, wann sie das letzte Mal wirklich geschlafen hatte. War das gestern oder vorgestern gewesen?

Er dagegen war definitiv zu nüchtern, um jetzt ins Bett zu gehen.

»Haben wir etwas zu trinken im Haus?«, fragte er.

»Ich hab Wein mitgebracht.«

Er verzog das Gesicht. Sie konnte das sehen und es ärgerte sie. Er traute ihr offensichtlich nicht zu, dass sie sich mit Wein auskannte und nahm an, dass es irgendein billiger Fusel war. »Was für Wein?«

»Beaujolais.«

»Ah.«

Er nickte. Also holte sie eine angebrochene Flasche hervor, goss zwei Gläser im Wohnzimmer ein und sie stießen miteinander an.

»Bist du gut hergekommen?«

»Ja. Und du?«

»Ich auch, danke der Nachfrage. Cheers.«

»Cheers!«

»Wie geht es den Kindern?«

»Es geht ihnen gut.«

»Und Bobby?«

»Dem geht es auch gut.«

Nach Jackie fragte sie nicht.

»Wann musst du denn morgen wieder fahren?«, wollte sie wissen.

»Ganz früh. So gegen fünf.«

»Ach so«, sagte sie enttäuscht, weil sie gehofft hatte, dass er vielleicht zum Frühstück bleiben würde, und fügte, einer plötzlichen Laune folgend, hinzu: »Das sind siebeneinhalb Stunden. Wenn wir es also noch einhundertfünfzigmal treiben, müssen wir uns bis zu deinem Abschied nicht mehr unterhalten, denn ich fürchte, darin sind wir nicht besonders gut.«

Der Wein schoss ihm aus der Nase, so sehr verschluckte er sich vor Lachen. Außerdem hinterließ er einen riesigen Rotweinfleck auf dem Teppichboden, weil ihm das Glas überschwappte. Er stellte es auf dem Couchtisch ab und ließ sich auf das Sofa fallen.

»Komm«, bat er sie, »setz dich zu mir.«

Sie griff sich den Rotwein und gesellte sich zu ihm. Kichernd nahm sie einen Schluck, direkt aus der Flasche.

»Wie geht es dir wirklich?«, wollte er wissen. »Drehst du gerade?«

»Nein, derzeit nicht. Vielleicht nächstes Jahr wieder.«

»Wie soll der Streifen heißen?«

»›Something's Got to Give‹. Stell dir vor, ich habe darin eine Nacktszene!«

»Ist nicht wahr?!«

»Oh doch, wenn ich es dir doch sage!«

Ihm fiel ein, dass sie zwar gerade Sex gehabt hatten, er sie dabei aber gar nicht nackt gesehen hatte. Den Rollkragenpullover hatte sie anbehalten. Irgendwie bedauerte er das jetzt.

»Und du?«, wollte sie wissen.

»Ach, da war dieses Desaster in der Schweinebucht …«

Sie fing an zu lachen, sehr laut und ziemlich überdreht, was wahrscheinlich am Wein lag.

»Was ist denn so lustig?«, wollte er wissen.

»Es ist nur das Wort – Schweinebucht!«, sagte sie und kreischte vor Vergnügen.

»Ich wollte, Castro hätte das auch so lustig gefunden«, murmelte er, nahm ihr die Flasche ab und tat einen großen Schluck. Dann besah er sich das Etikett. »Was ist das für ein teuflisches Zeug? Hast du den von einem hiesigen Weinhändler?«

»Nein, den hab ich in einem Hafenshop gekauft.«

So war das also. Er war der mächtigste Mann der Welt, aber er trank billigen Rotwein und schlief mit der begehrenswertesten Frau auf diesem Planeten, ohne sie dabei nackt gesehen zu haben. Irgendetwas lief da offenkundig falsch.

»Wie ist New York um diese Jahreszeit?«, wechselte er das Thema.

»Ein Backofen, wie aus der Hölle!«, sagte sie.

Sie erzählte ihm von den Clubs, in denen sie zuletzt gewesen war und er hörte ihr zu, nickte, trank und lachte an den richtigen Stellen, was sie freute. Dann erzählte er ihr von dem Boot, das er sich kaufen wollte, weil er das Segeln so sehr liebte, und jetzt war es an ihr zuzuhören, was sie mit großen Augen tat. Sie redeten und redeten und lachten viel und tranken noch mehr.

Irgendwann, als er gerade eine neue Flasche öffnete und mit entsetztem Gesicht feststellte, dass der Wein doch tatsächlich aus Ohio stammte und nicht, wie zu hoffen gewesen wäre, aus Frankreich oder wenigstens aus Kalifornien, was sie zu einem Lachkrampf reizte, dachte sie an ihre letzte Scheidung und dass Arthur sie nie so zum Lachen gebracht hatte, wie er das konnte. Warum nur heiratete sie immer Männer, die sie nicht zum Lachen brachten?

»Wir sollten heiraten«, stellte sie fest. »Das wäre doch mordskomisch, nicht wahr?« Dann lehnte sie den Kopf an seine Schulter, schloss die Augen und schlief praktisch sofort ein.

Abgesehen von der Tatsache, dass er eigentlich längst verheiratet war und auch nicht die Absicht hatte, an diesem Zustand etwas zu ändern, kam ihm der Gedanke für einen kurzen Moment reizvoll vor, mit dieser Frau eine gemeinsame Zukunft aufzubauen. Ganz Amerika würde durchdrehen, wenn das publik würde! Und er würde ziemlich sicher nicht wiedergewählt werden, so als geschiedener Präsident. Es war also vollkommen ausgeschlossen. Dennoch – reizvoll.

In Ruhe trank er die Flasche leer, dann stellte er sie auf dem Couchtisch ab. Vorsichtig bettete er ihren Kopf auf eines der Sofakissen, deckte sie mit einem Plaid, das er in einer der Kommoden fand, zu und legte sich dann selbst, vollständig angezogen, auf eines der Betten im Schlafzimmer.

Am Morgen war es das Geräusch einer leise ins Schloss fallenden Tür, das sie weckte. Sie war allein, er war gegangen. Leicht schwankend stand sie vom Sofa auf, wobei das Plaid auf den Boden fiel, und torkelte zum Fenster. So konnte sie sehen, wie er, die Hände in den Hosentaschen, ruhig die menschenleere Straße hinabschlenderte und zwischen den Bäumen aus ihrem Blickfeld verschwand, genau so, wie sie es sich vorgestellt hatte. Als nichts mehr von ihm zu sehen war, nicht die kleinste Haarlocke, nicht einmal ein Zipfel seines Hosenbeins, brach sie an Ort und Stelle zusammen. Sie kroch auf allen vieren bis ins Bad, wo sie sich übergeben musste. Sie fing an zu weinen, konnte sich lange nicht mehr beruhigen, bekam keine Luft mehr, knallte mit dem Kopf auf den Badezimmerfußboden, kam wieder zu sich, zog sich am Waschbecken hoch und schwankte schließlich in die Küche. Dort nahm sie zwei Aspirin. Danach torkelte sie zurück in den Hausflur und kauerte sich zitternd am Fuß der besagten Treppe zusammen, die Hände um die Knie geschlungen, während draußen allmählich das Leben erwachte und sie die Stimmen der Feriengäste hören konnte, wie sie auf ihren klapprigen Leihrädern am Haus vorbeiradelten.

Er dagegen ging zum Boot, schloss die Kajüte auf, ließ den Motor an und fuhr aus dem Hafen hinaus in den Sonnenaufgang. Die Luft war kalt und es roch nach Salz und Seegras. Einmal noch drehte er sich um und sah auf Martha's Vineyard, wie es dort lag, der lange Sandstrand von den ersten Sonnenstrahlen des Tages in warmes Gold verwandelt. Es kam ihm vor wie das Paradies.

Auf dem Steg

Der Mann hatte wirklich Nerven! Die ganzen letzten Tage schon zog er sich zurück, frönte seiner Kunst und wenn er nicht malte, schlief oder aß er und trank darüber hinaus eine Tasse Kaffee nach der nächsten. Und natürlich erwartete er, dass, sollte er unangemeldet bei ihr aufkreuzen, sie für sein Wohl sorgte. Überhaupt schien sie für ihn dieser Tage zum Personal zu gehören.

Er wolle wieder *dort*hin, hatte er gesagt. Ob er sich nicht einmal etwas anderes vorstellen könne, hatte sie ihn gefragt. Man könne ja noch einmal Italien in Betracht ziehen. Da hatte er sie nur angeschaut, als wäre sie verrückt geworden, an so eine Möglichkeit auch nur zu denken, und hatte angefangen, vom türkisen Wasser des Attersees zu schwärmen und dass er es immer noch nicht geschafft habe, den perfekten Farbton dafür zu kreieren, und sie müsse doch verstehen, wie wichtig ihm das sei.

»Außerdem, Medi, ist es *dort* immer so gemütlich!«

Aber sie seien doch erst im Frühling *dort* gewesen. Müsse das denn schon wieder sein?

Ja, das müsse es, hatte er geantwortet, und sie solle auch Therese bitten, das Kind mitzubringen. Er brauche etwas Heiteres um sich. Ob sie ihm nicht heiter genug sei, hatte sie daraufhin beleidigt gefragt. Da hatte er nur gegrinst und sie vor den nächstbesten Spiegel geschoben. Da, schau!, hatte er sie aufgefordert. Das war natürlich böse von ihm, ihr das eigene Gesicht vorzuhalten, als Argument für einen Monat Sommerfrische, aber unrecht hatte er damit nicht. Sie fühlte sich schon so müde und grau wie die Hauswand gegenüber ihres Ateliers.

Also gut, hatte sie zugestimmt und im Geiste angefangen zu packen, denn das überließ er natürlich alles ihr. Er selbst brauchte zum Überlegen, welche fünf, sechs Leinwände und welche Farben er mitnehmen sollte, Stunden, wenn nicht gar Tage, und schaffte es gerade einmal, genügend Unterhosen und Malkittel einzupacken. Alles andere schien ihm nicht so wichtig. Wenn er etwas vergessen hatte, benachrichtigte er einfach eine seiner Geliebten und ließ es sich nachschicken. Das hasste sie, wie die Pest! Also organisierte sie das meiste, damit er allein ihr gehörte, die ganzen Wochen über. Sie kümmerte sich um die Unterkunft, weil er, wie immer, seine Privatsphäre brauchte und sich nicht mit den ganzen Flöges »auf einen Haufen werfen«

wollte, wie er sich ausdrückte. Also wohnte er in der Villa Oleander und sie im Familienwohnsitz. Wann immer ihm danach war, ruderte er zu ihnen herüber.

Aber natürlich gehörte er ihr nie allein. Stattdessen zog er sich die ersten Tage zurück und arbeitete wie ein Besessener. Kam er zum Essen zu ihr, wollte er auch nur wieder über die Arbeit reden, wenn nicht über seine, dann wenigstens über ihre. Dabei gab es doch auch andere Themen! Aber nein, die Arbeit ging vor. Immer. Und sie dummes Schaf machte dabei auch noch mit. Das ärgerte sie und wenn sie sich ärgerte und schlechte Laune hatte, dann packte er mal wieder all seinen Charme aus und alles war vergessen. Gott, was konnte dieser Mann einen umgarnen! Kein Wunder, dass sie am Anfang schwach geworden war. Dabei machte sie sich nicht einmal etwas aus den Männern! Aber aus ihm machte sie sich schon etwas und am Ende machte sie, dass sie heil aus der Nummer herauskam. Sie wollte keine von *denen* werden.

Doch heute, da hätte sie ihn erwürgen können! Schon wieder ein neues Kind! Und er hatte nicht den Anstand besessen, es ihr selbst zu sagen, obwohl der Bub doch schon Wochen auf der Welt war und auch noch seinen Namen trug. Ein dritter Gustav! Das war so absurd, man hätte schreien können. Wer benannte denn gleich drei seiner Kinder nach sich selbst? Natürlich war ihr bewusst, dass es die Frauen waren, die den Kindern die Namen gegeben hatten, als Zeichen ihrer Bindung an ihn. Sie dagegen hatte ihm kein Kind geboren, aber an sie hatte er sich gebunden, fester und enger als an jede andere. Dabei machte er sich gar nichts aus den Gschroppn. Er hatte Katzen weit lieber um sich als Menschen. Das einzige Kind, für das er sich je interessiert hatte und an dem sein Herz zu hängen schien, war Trude, seine Nichte.

Emilie sah aus dem Fenster des zweiten Stocks. Von hier hatte sie einen guten Überblick über den See. Doch noch war von einem Ruderboot mit Kurs auf die Villa Paulick nichts zu sehen. Also versenkte sie sich wieder in ihre Farbmuster und überlegte sich einen neuen Kragen für ein Abendkleid, an dem sie schon die längste Zeit arbeitete und der nicht und nicht fertig werden wollte. Sie könnte ihn in Weiß ausführen, mit Raffung an beiden Seiten, so wie das Kräuseln der Wellen auf dem See, wenn der Wind in sie hineinfuhr. Oder aber sie nahm eine gänzlich andere Farbe für das Kleid. Blaugrün wäre eine Möglichkeit, wie der See an warmen Sommertagen im August … Sie musste so gut und gerne eine Stunde konzentriert gearbeitet haben, als sie plötzlich Stimmen vernahm, die vom

Badesteg zu kommen schienen. Emilie schaute auf und da sah sie ihn.

Er war mit dem Boot gekommen, wie vermutet und das offenbar zeitgleich mit Therese und der Kleinen. Schon hatte er das Kind in die Luft geworfen und so getan, als schmisse er es ins türkise Wasser des Attersees. Folglich quietschte und schrie Trude vor Angst und Vergnügen gleichzeitig, bis ihr verrückter Onkel sie wieder herunterließ und auf ihren zwei Füßchen auf dem Steg abstellte. Danach begrüßte er Therese, die ihrerseits wiederum auf die Villa deutete, ihm noch ein Bussi auf die Wange gab und anschließend mit Trude vom Steg zum Haus marschierte, wo Emilie sie aus den Augen verlor.

Gustav dagegen streckte sich der Sonne entgegen, beugte sich danach zum Boot hinunter, holte einen Rucksack mit Malutensilien hervor und eine noch vollkommen leere Leinwand, lehnte beides ans Bootshaus und zog dann, wie stets, seine Pappschablone hervor, mit der er den perfekten Bildausschnitt suchte. Erfahrungsgemäß konnte das gut eine Stunde dauern.

In diesem Moment hörte sie auch schon die Eingangstür gehen und Thereses Stimme nach ihr rufen: »Emilie?«

»Ich bin hier oben!«, rief sie.

Schritte näherten sich, jemand erklomm Stock für Stock der Villa, bis die Zimmertür aufging und Therese vor ihr stand. Sie fielen einander in die Arme.

»Was machst du denn hier im Stübchen?«, fragte sie.

»Ach«, sagte Emilie, »ich brauchte etwas Ruhe, um zu arbeiten.«

Therese ging ans Fenster und schaute hinunter. Sie konnte Gustav entdecken, wie er auf dem Steg herumtapste und sich dabei etwas vors Gesicht hielt.

»Scheint mir, du genießt die Aussicht«, bemerkte Therese und kicherte kurz darauf.

»Wie man's nimmt«, stellte Emilie fest.

Therese drehte sich zu ihr um und hakte nach: »Wieso? Ist was mit euch?«

»Mit mir und Gustav? Nein, mit mir und Gustav ist alles in bester Ordnung«, antwortete Emilie und versuchte heiter zu klingen, was ihr gründlich misslang. »Allerdings ist die Frage, welchen Gustav du meinst.«

»Den da«, stellte Therese klar und deutete aus dem Fenster. »Gibt es noch einen anderen?«

Statt einer Antwort hielt ihr Emilie nur drei Finger vors Gesicht.

»Nein!«, rief ihre Schwägerin aus. »Ein drittes

Kind mit Namen Gustav? Fällt den Damen nicht mal etwas anderes ein?«

»Offensichtlich nicht und nenn sie nicht Damen. Das wäre zu viel der Ehre.«

Therese schlang ihre Arme um Emilies Taille. »Und du? Kein eigenes Gspusi? Die Welt ist voller Männer, Emilie. Nicht nur voll mit solchen, die den Namen Gustav tragen!«

Emilie umarmte nun ihrerseits auch Therese und sagte leise: »Die Männerwelt kann mir gestohlen bleiben.«

So innig einander festhaltend schwiegen sie eine Weile lang, dann schob Therese sie gut einen halben Meter von sich weg, um sie näher zu betrachten. »Fesch bist du!«, stellte sie fest. »Die Blumen auf deinem Kleid … sag, sind die von ihm?«

Emilie streckte ihr die Zunge heraus. »Wo ist denn Trude?«

»Ach, die soll ihm einen Kaffee an den Steg bringen, hat er gesagt.«

Ganz langsam schritt nun die Kleine wieder ins Bild, in ihren zitternden Händchen eine Mokkatasse, die sie mit weit ausgestreckten Ärmchen vor sich her trug, bis sie endlich bei Gustav angelangt war. Mit einer eleganten Verbeugung nahm er die Gabe an, trank den Mokka auf einen Zug aus, stellte dann die Tasse auf dem Steg ab, verbeugte sich tief vor seiner Nichte, nur um sie im Anschluss um die Taille zu greifen und erneut hochzuwirbeln. Schließlich setzte er sich das Kind auf die Schultern, bevor er sich wieder dem Ausblick auf den See zuwandte. Emilie und Therese konnten sehen, wie er den rechten Arm ausstreckte und mit dem Finger auf einen ganz bestimmten Fleck ganz in der Ferne deutete und Trude dann wiederum ihren rechten Arm mit Hand und winzigem Zeigefinger in dieselbe Richtung zeigen ließ. Offensichtlich besprachen die zwei die Motivwahl für sein nächstes Bild.

»Und du? Wie geht es mit deiner Arbeit voran?«, wollte Therese jetzt von ihr wissen, ohne dass sie Gustav und die Kleine aus den Augen ließ.

»Gut. Gutgut. Es geht mir gut. Und mit der Arbeit läuft es auch gut. Sehr gut sogar. Wir haben viele Aufträge. Das ist gut, ja, sehr gut ist das«, antwortete Emilie.

»Na wunderbar!«, stellte Therese trocken fest. »Wenn du noch einmal das Wort gut erwähnst, glaube ich es dir vielleicht.«

»Die Auftragslage ist nicht schlecht, aber ich fühle mich in letzter Zeit ziemlich ausgelaugt«, gab Emilie zu. »Irgendwie urlaubsreif. Mich erschöpft alles. Und dann heute diese Nachricht mit dem Kind …«

Sie schauten immer noch aus dem Fenster auf die beiden auf dem Steg. Um ihn und das Kind herum glitzerte der See, als stünden sie inmitten eines goldenen Königreichs. Nach einigen Augenblicken hob Gustav das Mädchen wieder von seinen Schultern herunter und machte es sich im Sonnenschein auf dem warmen Holz bequem. Er faltete die Arme über dem Bauch und tat, als ob er schliefe, und Trude machte es ihm sofort nach. Doch sich schlafend zu stellen war für das Kind auf Dauer wohl zu langweilig. Irgendwann sprang sie auf und begann damit, um ihn herum zu hopsen, bis sie mit einem Mal stolperte und den lieben Onkel Gustav, der dank geschlossener Augen das Unglück nicht kommen sah, plötzlich mit ihren festen Lederschühchen in seine Weichteile trat.

»Ups!«, sagte Therese, die das Geschehen vom Fenster aus verfolgte. »Ich glaube, das Problem mit den vielen kleinen Gustavs könnte sich gerade erledigt haben.«

»Sieht ganz danach aus«, stimmte Emilie ihr zu. Dann zog sie Therese an der Hand mit sich aus dem Zimmer und weiter das Treppenhaus nach unten. »Komm, feiern wir erst einmal eure Ankunft. Ich glaube, wir köpfen zu Feier des Tages eine Flasche Champagner. Mir ist plötzlich so danach.«

This Bitter Earth

Arthur Braggs war Eigentümer des Paradise Clubs in Idlewild und wenn Arthur einen anrief, dann sagte man nicht Nein. »Du wirst dort hinfahren und du wirst dort singen!«, hatte ihr Manager bei Mercury Records gesagt. Natürlich hatte sie eine riesengroße Szene gemacht, dass sie sich nicht von ihrer Plattenfirma herumschubsen lasse, dass sie sie ausbeuten würden, es fiel sogar mehrfach das Wort Sklavenarbeit und am Ende hatte sie etwas Teures aus Porzellan gegen die Wand geschmissen, aber gefahren war sie trotzdem, nach Idlewild in Michigan.

Alle waren schon dort gewesen oder würden fahren, alle die in der Musikszene etwas bedeuteten: Ella, Fats und natürlich Louis. Und nun sie selbst. Sie nannten sie nicht umsonst »Queen of the Blues«. Wer war schon Elizabeth von England? Sie war die wahre Königin! Und dazu gehörte auch die entsprechende Garderobe. Beinahe wäre der Wagen stecken geblieben, weil ihn ihre zwölf Koffer gar so sehr in den Sand drückten. Überhaupt – wo kam nur dieser ganze Sand her? Sie waren mitten im Wald und dann das! Ein Wald spielte Strand – lächerlich. Dabei hatte sie die Hälfte ihrer Sachen zu Hause gelassen und nur ein gutes Dutzend Pelzcapes und Perücken mitgebracht. Abgesehen von den Perlen. Sie liebte Perlen! Wenn man es also recht bedachte, war das für Idlewild keine schlechte Wahl gewesen: Sand und Perlen, das gehörte doch irgendwie zusammen, genauso wie Pelz und Wald. Irgendwo mussten die Tiere ja leben, deren Fell sie sich mit großer Freude über die Schultern warf.

Das Erste, was sie sah, als der Wagen in die Sugar Pine Road einbog, war eine Gruppe junger Mädchen und Buben, die vergnügt auf Ponys durch den Ort ritten. Sie hatte noch nie Kinder gesehen, die aussahen wie ihre eigenen, wie sie selbst als Kind ausgesehen hatte, und die auf Ponys durch einen Ferienort ritten, so als wäre es das Normalste auf der Welt, dies zu tun. Die Kinder lachten vor Vergnügen, während die Ponys brav die Straße hinabtrotteten. Im Hintergrund glitzerte der See durch die Bäume.

Vor den Lokalen saßen Leute und tranken etwas aus großen Gläsern, das so tat, als wäre es Limonade und in Wahrheit etwas anderes war, etwas Besseres, und das zu einem entspannten, sonnigen Ferientag wie diesem besonders gut passte. Irgendwo lachte eine Frau hell auf, sodass sie es bis durch die Scheiben des Wagens hören konnte, und ein älterer Herr streichelte zufrieden seinen Hund.

Die Schilder der Läden verrieten, dass man hier alles bekam, was das Urlauberherz begehrte. So konnte man sich die Haare und die Nägel machen lassen, Boote mieten oder eine Angelausrüstung erwerben, und wer das dringende Bedürfnis hatte, wahlweise zu Jesus oder zum Alkohol zu finden, für den gab es jeweils ein reichhaltiges Angebot. Überall wurden Dinge beworben, vom Strickkurs bis hin zum Tanztee. Die Stadt war beinahe überall zuplakatiert mit dem, was sie den Reisenden zu bieten hatte, und das war ganz offensichtlich eine Menge. Was sie nicht entdecken konnte, war ein Schild mit der Aufschrift »Colored«.

Sie nannten es »Black Eden« und natürlich verstand sie, woher dieser Name rührte. Die Bretterbuden allerdings, vor denen der Wagen schließlich zu stehen kam, ließen anderes vermuten. Der Paradise Club sah von außen alles andere als paradiesisch aus. Hier sollte das Herz des amerikanischen Jazz, Blues und Pop schlagen?

»Wir sind da«, informierte sie ihr Chauffeur.

Das konnte nicht sein Ernst sein! Energisch riss sie die Tür des Wagens auf, ohne auf den Fahrer zu warten, der schon fast um das Auto herumgelaufen war, um ihr zu öffnen, und ging mit ausladenden Schritten auf den Eingang des Clubs zu. Sie trat ein.

Es dauerte einen Augenblick, bis sich ihre Augen an das gedämpfte Licht im Innenraum gewöhnt hatten und sie die Tische, Stühle und am Ende auch die Bühne wahrnehmen konnte. Dort, auf ebendieser Bühne, saß ein junger Mann und spielte leise Klavier. Jetzt brach er sein Spiel ab und trat an den Bühnenrand.

»Was soll das?«, rief sie laut. »Wo bin ich hier?«

»Hallo, Mrs Washington!«, begrüßte er sie höflich. »Ich bin John, Ihr Begleiter für den heutigen Abend.«

Freundlich blickte der Kerl von der Bühne auf sie herab.

»Ein Scheiß sind Sie!«, brüllte sie ihn ohne Vorwarnung an. »Patti ist meine Begleiterin. Wo ist sie?«

»Ich bedaure, Ihnen mitteilen zu müssen, dass Mrs Brown es nicht zum Konzert schaffen wird. Ihr Auto hatte einen Schaden, auf halbem Weg hierher. Also hat man mich angerufen und gebeten, heute für sie einzuspringen.«

Ganz ruhig sagte er das, so als wäre es das Selbstverständlichste, dass ein junger Nichtsnutz, den niemand kannte, die große Dinah Washington am Klavier begleiten durfte, nur weil er eben gerade zur Hand war.

»Ohne Patti trete ich nicht auf«, stellte Dinah klar.

»Das ist bedauerlich«, sagte John. »Es wäre mir eine große Freude gewesen.«

»Wo ist der Manager dieses Schuppens?«, blaffte ihn Dinah an. »Ich will ihn sprechen.«

»Beim Angeln«, informierte sie der junge Mann.

»Wann kommt er zurück?«

»Das weiß ich leider nicht.«

Vor Wut wäre Dinah fast explodiert. Da beorderte man sie Hunderte Kilometer weit bis nach Michigan ins absolute Nirgendwo und dann so etwas! Keine Patti, kein Manager, stattdessen ein unverfrorener Bengel, dem es »eine Freude wäre«, mit ihr zu spielen.

»Wenn er zurückkommt, richten Sie ihm aus, dass ich heute nicht auftreten werde«, stellte Dinah klar.

»Gut, das werde ich tun«, sagte John, verbeugte sich tief und ging zurück zum Klavier. Dinah war bereits auf halbem Weg zur Tür hinaus, als der junge Mann kurz Luft holte und dann, ohne jede Vorwarnung, die Hände über die Tasten sausen ließ. Dinah erkannte den Song sofort: Es war ein absolut virtuoses Vorspiel zu »This Bitter Earth«, einem ihrer Lieblingssongs.

Sie blieb stehen, lauschte und entschied sich, zu ihrer eigenen Überraschung, zu bleiben. Nur einen Augenblick, selbstverständlich. Nur um kurz einmal zu hören, was der Junge draufhatte. Als er zur ersten Strophe ansetzte, fiel sie ein und begann zu singen. Langsam ging sie, Ton und Rhythmus perfekt haltend, auf die Bühne zu und sang, herausfordernd, mutig, selbstbewusst, während er sich mehr und mehr zurücknahm. Aus allen Ecken des Paradise tauchten plötzlich Gestalten auf, die, angezogen von ihrer Stimme und überwältigt von der Musik, sich im Raum verteilten, um zuzuhören. Zwei Putzfrauen, die eine noch mit einem Mopp in der Hand, die andere mit Kehrschaufel und Besen, nahmen an einem der kleinen Tische Platz. Ein Kellner hielt mit dem Eindecken inne. Eine Klofrau drückte sich mit je einem Packen Toilettenpapier in der Hand gegen eine der Wände und verschmolz fast damit, während sie lauschte. Der Barkeeper hörte auf, seine Flaschen aufzufüllen, und kam hinter der Bar hervor. Am Ende gesellten sich nicht nur der Chauffeur, der sie nach Idlewild gebracht hatte und der seine Mütze abnahm, sie brav wie ein Schulkind bei der Sonntagsmesse vor den Bauch hielt und stocksteif und still mitten im Lokal stehen blieb, sondern noch ein paar andere Menschen, von der Musik angelockt, von draußen hinzu.

This bitter earth, well, what fruit it bears … Als der Song zu Ende war, legte sich eine feierliche Stille über den Raum. Keiner der Anwesenden wagte es zu applaudieren und damit die Stimmung zu stören. Nur ein tiefer, herzzerreißender, kollektiver Seufzer entfuhr den Zuhörern des Paradise Club.

Dinah zog ihr Pelzcape fester um die Schultern, ließ die schweren, übergroßen Perlenohrringe ein wenig klimpern und sah dann zu dem jungen Mann am Klavier hinüber.

»Nicht schlecht«, befand sie. »Wie sagtest du, heißt du?«

»John«, stellte sich der junge Mann erneut vor, »einfach nur John.«

»Und woher kommst du, Einfach-nur-John?«

»Aus New Orleans.«

Dinah nickte, langsam, bedächtig.

»Sei pünktlich«, stellte sie klar.

»Selbstverständlich«, antwortete er.

»Gut! Ich werde nämlich eine Stunde zu spät sein. Das gehört sich so.«

»Ja.«

Er lächelte sie an. Es war ein bezauberndes Lächeln. Er wirkte so jung, frisch und unverbraucht.

»Und wehe du hast nach dem Konzert noch etwas vor«, sagte sie und zwinkerte ihm zu.

Dann drehte sie sich auf dem Absatz um und stolzierte an den Zuhörern vorbei aus dem Raum hinaus in die strahlende Sonne.

Briefe an Cassandra

Liebe Cassandra,
ich weiß, ich bin ein nichtswürdiges Wesen, weil ich Dich so lange auf Antwort warten ließ. Du fragst, wie es mir ergangen ist mit meinem Mr Dashwood. Nun, ich muss Dir leider mitteilen, dass er nicht mein Mr Dashwood ist, es nie sein wird und wohl auch nie war.

Es ist jetzt drei Tage her, da besuchten wir wieder die Trinkhalle, wo sich kurz nach uns auch Mr Dashwood einfand – zu aller Überraschung in Begleitung einer jungen Dame mit Namen Jane Merywether. Wer die Dame ist? Das ist doch Deine Frage, nicht wahr? Ich kann Dir so viel sagen, als dass ihr Vater wohl ein Vermögen gemacht hat im Salzhandel und nun ist Miss Merywether mit zehntausend Pfund ausgestattet und hat, da im Gesicht einen Schnabel, wo sonst eine Nase zu erwarten gewesen wäre und darüber zwei glanzlose Augen ohne nennenswerte Wimpern, sich Mr Dashwood zum Ehemann erkoren. Sie sind verlobt.

Allseits wurde freundlich gratuliert, obwohl man mit einigem Kopfschütteln feststellte, dass man mit zehntausend Pfund doch Besseres für Miss Mery-

wether hätte erwarten können als nun unbedingt einen Witwer mit fünf Kindern. Schaut man genauer hin, dann muss man allerdings zugeben, dass der Preis angemessen erscheint.

Nein, liebste Cassandra, ich trauere nicht. Man kann nicht um etwas trauern, das einem nie gehört hat. Thisbe wird keine Tränen um Pyramus vergießen und schon gar nicht wird sie sich in irgendein spitzes Metall werfen, um der Trauer ein Ende zu bereiten. Stattdessen werde ich Papa fragen, ob man nicht eine neue Hecke pflanzen könnte zum Grundstück des in Kürze vermählten Paares. Eine sehr, sehr dichte Hecke.

Deine Dich liebende Jane

P. S.: Mach Dir keine Sorgen um mich. Es geht vorbei. Genau wie dieser Sommer. In meinem Herzen ist die kalte Herbstluft eingezogen.

Der Gugelhupf

»Er kommt!«

Guter Gott, warum jetzt noch? Sie war es ja gewohnt, dass der Mann hier stets in aller Herrgottsfrühe auftauchte, aber um halb elf am Vormittag? Das war nun gar nicht mehr seine Zeit. War er bis sieben Uhr nicht erschienen oder hatte sich für später am Tage offiziell angemeldet, dann gehörte dieser Tag ihr. Er konnte ja wohl kaum erwarten, stets über sie zu verfügen! Auch wenn er das vielleicht gerne getan hätte. Und nun war er auf dem Weg zu ihr und dabei hatte sie doch längst andere Pläne gehabt.

»Wo ist er denn schon?«, wollte sie von ihrer Zofe wissen.

»Auf der Brücke, gnädige Frau!«

Diese entsetzliche Brücke! Die hatte er von seinem Anwesen zu ihrem errichten lassen, damit er schnell und zu Fuß des Morgens über die rauschenden Wasser der Ischl zu ihr gelangen konnte. Er nannte es seinen »Steg in den Himmel«.

»Jetzt ist er schon am Gartentor!«

Na, wunderbar. Da hatte sie ja kaum noch Zeit, Anweisungen an die Küche durchzugeben. Hoffentlich war noch etwas von dem Gugelhupf von heute Morgen übrig. Ohne den ging leider gar nichts. Stets tauchte der Mann in der Früh auf und forderte seinen Gugelhupf ein und erwartete allen Ernstes noch dazu, dass sie ihn selbst buk. Als ob! Sie brauchte ihren Schlaf. Den Gugelhupf ließ sie vom Zauner kommen. Sie war Schauspielerin, keine Zuckerbäckerin. Wenn er so eine haben wollte, wusste er, wo er sie bekommen konnte.

Also schickte sie die Zofe hinunter in die Küche, Kaffee und Kuchen zu ordern, warf ein, zwei Blicke in den Spiegel, um sich das Haar kurz festzustecken, puderte noch einmal kurz die Nase und schon konnte sie die Tür gehen hören. Er läutete ja nicht einmal an, stand einfach so da, in ihrem Haus.

»Kathi?«, hörte sie ihn rufen.

Sie eilte die Treppe hinunter.

»Ja, was für eine wunderschöne Überraschung!«, log sie und setzte dazu ein strahlendes Lächeln auf. Gelernt war immerhin gelernt. »Ich hatte gar nicht mehr mit Euch gerechnet!«

»Ja«, druckste er herum, »das kam auch für mich heute etwas unerwartet.«

Sie konnte ihm am Zittern seines Backenbarts ablesen, dass etwas nicht stimmte.

»Was ist los?«

Schweigend ging er in den kleinen Salon voran, in dem sie sonst gewöhnlich ihr Frühstück zusammen einnahmen, und ihr blieb nichts anderes übrig, als hinterherzueilen. Sie hatten kaum auf den Sesseln beim Kamin Platz genommen, als das Mädchen mit Gugelhupf und frischem Kaffee im Raum stand.

»Du kannst servieren, Marie.«

Das Mädchen klapperte unerhört laut mit Tassen und Besteck herum und jeder Ton schien ihn noch nervöser zu machen. Schließlich stand alles bereit und mit einem Knicks verließ die Bedienstete den Raum.

»Bitte!«, forderte sie ihn auf, sich zu bedienen, aber er griff nur nervös nach der Tasse, stellte sie wieder hin, seufzte und sagte schließlich: »Es ist etwas geschehen.«

Was sollte das nun wieder bedeuten? Krieg? Aufstand? War etwas mit den Kindern? War jemand gestorben?

»Was ist denn?«, fragte sie vorsichtig nach.

Noch ein Seufzer. Na bravo, sollte sie ihm jetzt aus der Nase ziehen, was ihn so bedrückte, oder wie?

»Der Herr Flügeladjutant ist tot!«

Wer von den ganzen Hofschranzen war noch einmal der Herr Flügeladjutant?

»Ach Gott, wie schrecklich!«, rief sie aus. »Wie ist er denn …?«

»Erschossen, heute Morgen.«

»Oh, wie entsetzlich!«

»Ja, überaus traurig das Ganze. Ein bedauerlicher Jagdunfall.«

»Wer hat denn geschossen?«, wollte sie wissen.

Eifriges Rühren in der Tasse.

»Majestät?«

»Nun, das wäre dann wohl ich gewesen.«

»Du hast deinen Flügeladjutanten bei der Jagd erschossen?« Vor lauter Schreck rutschte sie glatt ins vertrauliche Du hinüber, das normalerweise für die intimeren Momente reserviert war.

»Es war, wie schon erwähnt, ein Jagdunfall.«

Na bumm, kein Wunder, dass der Mann so niedergeschlagen wirkte. Man erschoss ja nicht jeden Tag ein Mitglied der eigenen Entourage.

»Hat er sehr gelitten?«, fragte sie vorsichtig nach.

»A bissl schon«, gab er zur Antwort.

»Und warst du schon bei der Beichte?«

Sie wusste ja, wie wichtig ihm sein Seelenheil war, und dies schien durchaus ein Fall zu sein, bei dem man den lieben Herrgott um Verzeihung bitten sollte – den und selbstverständlich auch den Flügeladjutanten, der ja jetzt wohl bei den Engeln weilte.

»Ja, freilich«, sagte er.

Offensichtlich aber hatte ihn der Vorgang des Beichtens nicht von seiner Schuld befreien können. Er wirkte nach wie vor sehr bedrückt.

Seine Augen wanderten jetzt zum Gugelhupf hinüber. Den liebte er sehr und in Augenblicken höchster Not greift der Mensch natürlich auf das zurück, was ihm Halt und Freude gibt, in diesem Fall war das wohl der Gugelhupf. Allerdings …

»Da sind ja gar keine Rosinen drin«, stellte er enttäuscht fest.

»Ach, wirklich?« Ihr Blick folgte dem seinen und heftete sich auf den Kuchen. Tatsächlich konnte sie nicht eine einzige Rosine entdecken. Was zum Teufel hatte ihr der Zauner denn da wieder geschickt? Das war ja gar nicht ihr Rezept! Auf die Rosinen zu vergessen war fast genauso schlimm, als wenn man auf die Germ vergaß! Himmelherrschaftszeiten!

»Ich mag die Rosinen«, stellte er traurig fest. »Die sind sonst immer das Beste!«

»Ich leg sie ja auch zuvor in Rum ein«, erklärte sie.

»Das macht sie wohl so gut.«

Konnte das sein? Der Mann hatte gerade jemanden erschossen und nun machte er sich Gedanken um in Rum eingelegte Rosinen? Sie begann sich ernsthaft zu fragen, ob diesen unerschütterlichen Mann der ganze Vorfall wohl doch etwas aus der Bahn geworfen hatte.

»Keine Rosinen«, wiederholte er leise.

Eigentlich hatte sie heute ja etwas anderes vorgehabt. Sie wollte zur Schneiderin, danach zur Modistin und am Abend wollte sie ausgehen, zu einer Soiree im Hause der Gräfin Wandensee. Es würden Karten gespielt werden, Champagner sollte es in Hülle und Fülle geben und dazu noch andere Lustbarkeiten. Ein Sänger sollte auftreten. Und nun das: Ein deprimierter Monarch saß auf ihrem Sessel und starrte trübsinnig in die Kaffeetasse, weil im Gugelhupf keine Rosinen waren. Na, der Zauner konnte was erleben!

Ihrerseits seufzend erhob sie sich von ihrem Platz, ging zur Tür, schloss diese leise, schritt hinüber zum Fenster, zog die Vorhänge zu und drehte sich dann langsam zu ihm um.

»Komm«, sagte sie nur.

Es dauerte kaum mehr als zwei Minuten. Er kam, wie immer, schnell zur Sache und zog sich dazu nicht einmal die Stiefel aus. Lediglich den Degen hatte er abgelegt. Sie starrte derweil, während sie mit hochgezogenem Rock auf der Chaiselongue lag, an die Decke und überlegte, ob sich wohl der Besuch bei der Schneiderin nachher noch ausginge. Sie hatte ihr Auge auf einen braunen Seidenstoff mit goldenen, gestickten Bienen darauf geworfen. Daraus wollte sie sich unbedingt ein Kleid machen lassen. Es wäre doch schade, wenn der Tod des Flügeladjutanten sie nun auch noch um ihr Kleid bringen sollte.

Als er fertig war, erhob er sich schnell wieder, half ihr, ganz Kavalier, auf, und während sie sich Rock und Unterrock wieder ordnete, griff er, plötzlich ganz beschwingt, zum Gugelhupf und biss hinein.

»Kathi«, stellte er, noch kauend fest, »es sind zwar keine Rosinen drin, aber immerhin genug Zimt. Fein hast du es wieder gemacht!«

»Nur für dich, mein Kaiser, nur für dich!«

Das Lächeln, das sie zustande brachte, war tatsächlich eine Meisterleistung der Schauspielkunst.

Schnell verabschiedete er sich von ihr mit einem Handkuss und war auch schon wieder aus der Villa verschwunden. Am Abend verspielte sie eine Summe, für die man gut und gerne ein kleines Jagdhaus hätte kaufen können und schickte ihm, völlig kommentarlos, den Schuldschein. Er würde schon wissen, wofür.

Inhalt

Von derselben Autorin

Susanne Falk

FAST EIN MÄRCHEN

24 Weihnachtsgeschichten

222 Seiten, gebunden, ISBN 978-3-7117-2081-8

Zwischen witzig und absurd bis böse schwankt Susanne Falks prominent besetzter Weihnachtsreigen. Mit dabei sind u. a. Goethe und Schiller, Rosa Luxemburg, Charlie Chaplin, Elvis Presley, Leonardo da Vinci, Wolfgang Amadeus Mozart, Juri Gagarin und Mary Shelley.

Susanne Falks Geschichtensammlung ist das perfekte Buch für die Vorweihnachtszeit. (…) Mal heiter, mal gruselig, mal besinnlich, aber immer mit einer gehörigen Portion dichterischer Freiheit verkürzen 24 kleine Geschichten die Zeit bis zum Fest aufs Trefflichste.

WESTDEUTSCHE ALLGEMEINE

Picus Verlag Wien

Von derselben Autorin

Susanne Falk
JOHANNA SPIELT DAS LEBEN
Roman
256 Seiten, gebunden, ISBN 978-3-7117-2100-6

Mit Leichtigkeit verknüpft Susanne Falk eine Liebesgeschichte in den späten fünfziger Jahren mit Theatergeflüster und Emanzipation.

Susanne Falk fängt eindrücklich den Zeitgeist einer Gesellschaft ein, die einerseits eine Aufbruchstimmung nach dem Krieg erlebt und sich neue Helden und Idole sucht, die sie feiern kann.
WIENER ZEITUNG

Ihre genaue Beobachtungsgabe macht den Roman besonders.
DIE PRESSE

Susanne Falk lässt leichtfüßig und und humorvoll die fünfziger und sechziger Jahre aufleben.
FEUILLETONSCOUT

Picus Verlag Wien

Von derselben Autorin

Susanne Falk

ANATOL STUDIERT DAS LEBEN

Roman

360 Seiten, Klappenbroschur, ISBN 978-3-7117-2065-8

Kurzweilig, spannend und herzerwärmend ist Susanne Falks Liebesgeschichte um einen Sonderling und das kleine bisschen Glück, das es braucht, um am Ende zum Ziel zu gelangen.

Das Ganze macht unheimlich Spaß, weil es zwar total abgedreht ist, aber doch nicht übertrieben. Und weil man so schön mit dem Unterdurchschnittshelden mitfiebern kann. Und eigentlich sind 360 Seiten Anatol-Chagall-Roadmovie viel zu wenig.

WIENER ZEITUNG

Es ist erstaunlich, wie leichtfüßig Susanne Falk aus dieser so simplen Liebesgeschichte einen amüsanten, schwungvollen Roman macht, der von der ersten bis zur letzten Seite ungemein sympathisch daherkommt.

FRANKFURTER RUNDSCHAU

Picus Verlag Wien